Edición cubierta dura en español ISBN: 978-0-578-25157-8
Edición tapa blanda en español ISBN: 978-0-578-24536-2
Edición digital/eBook en español ISBN: 978-0-578-25107-3

Depósito legal: U.S. Copyright Office

Impreso en los Estados Unidos de América.

Biblioteca
LORNA VIRGILÍ

SINFONÍA BLANCA

Lornavirgili.com

CONTENIDO

Sobre la Autora

Detrás de Lorna, imagen parcial del Cuadro No. 5 de la colección de la
Sinfonía Blanca de Manuel Pérez Llanes
(h. 2010)

Lorna Virgilí nació y se crió en La Habana, Cuba, durante el apogeo de la guerra fría. En 1979 dejó su tierra natal y emigró a Estados Unidos. Sus habilidades literarias y de comunicación estuvieron presentes desde su niñez en Cuba, cuando escribía largas cartas a su padre, que había logrado salir de la isla y vivía exiliado originalmente en España. Una vez en Estados Unidos, cursó estudios secundarios y universitarios en Miami. Comenzó su carrera en comunicaciones como reportera de noticias de televisión en el sur de Florida y trabajó para Telemundo y Univisión, las cadenas de televisión en español de los Estados Unidos. En 1999 se traslada a Washington, D.C. y ejerce como corresponsal, reportando desde el Capitolio de los Estados Unidos y desde la Casa Blanca. A partir del 2002 se dedica a las relaciones públicas. Es una líder comunitaria de gran prestigio con apariciones constantes en radio y televisión en la región metropolitana de Washington, D.C. Ha recibido numerosos premios y reconocimientos a través de los años. Reside en el Estado de Maryland.

"Sinfonía Blanca" es su primer libro.

Introducción

"Sinfonía Blanca" es una historia real con apariencia de novela y fue escrita por su autora tras el fallecimiento de su padre durante la pandemia del COVID-19. Narra la travesía personal de su autora al descubrir y leer el manuscrito de un libro inconcluso dejado por su padre, junto con sus diarios personales, y escuchar decenas casetes de audio grabados durante su vida. Revisando sus pertenencias, ella se entera de la relación de su padre con distintas mujeres y de la influencia que éstas tuvieron en su vida como pintor.

El libro se concentra en las luchas personales y la obsesión por completar una colección de 21 cuadros de su musa favorita. Trata sobre cómo el artista Manuel Pérez Llanes empeñó su vida artística en pintar réplicas para subsistir financieramente y de cómo luchó contra sus contradicciones internas sobre el arte, la moral, los valores y las mujeres para dejar un legado a sus dos hijas, los cuadros originales de su propia creación, mientras batallaba contra su mente envejecida y su pérdida de la memoria.

La autora hace gala a sus muchos años de escribir reportajes noticiosos para telediarios y relata la historia de forma sencilla, directa y al grano; facilitándole una lectura cómoda y rápida al lector.

Dedicatoria

Felicitación del instructor tras su primer vuelo solo
Santiago de Cuba, 1955

A mi padre, Manuel Pérez Llanes, quien siempre ha vivido rodeado de ángeles femeninos. A las mujeres que siempre fueron musas inspiradoras de sus obras de arte. A ellas, las que lo admiraron, lo amaron, y lo obsesionaron. A mi abuela paterna, Belén, que lo hizo su hijo consentido. A mi madre Graciela, quien lo escogió para que fuese nuestro padre y fue su fiel amiga. A mi hermana Loretta, su hija abnegada. A los apasionados por el arte, en todas sus formas. A los que han tenido que emigrar. A las hijas que han sufrido la pérdida de su padre. A las hijas que aún tienen a su padre vivo.

Prefacio

Este es el relato de una obsesión. La obsesión de un artista por completar la obra de su vida. Un artista sin ínfulas de grandeza, sin nombre, sin ego. Un artista fantasma. Un artista auténtico. Esta es la historia de un pintor y sus musas. La eterna búsqueda de la perfección. Un creador que lucha por hacer realidad su sueño en medio de los males y desdenes del mundo. Y también es la historia de un cubano en el exilio. Lejos de su patria y ciudadano del mundo. Un cubano que eligió no victimizarse, ni radicalizarse. Simplemente siguió pintando.

Erick J. Mota
Escritor

Agradecimientos

Me gustaría darle las gracias a mi hijo, Daniel Menéndez, quien estuvo muy pendiente de mi estado emocional mientras yo me entregaba a la lectura de los diarios de mi padre. A mi hermana Loretta Carbajal, por haber sido mi respaldo consolador durante la realización de este libro. A mi madre, Graciela Virgilí, y a mi padrastro, el Reverendo Aurelio Magariño, quienes, con corazones nobles, apoyaron esta obra y me sostuvieron con sus consejos durante el proceso de desglosarla. Gracias a mi prima materna Loipa Alonso Claramunt, con quien compartí lágrimas y carcajadas mientras iba descubriendo a mi padre a través de la herencia que nos dejó; a mi primo paterno Erick J. Mota, escritor empedernido que hizo los primeros arreglos de edición de este libro.

Mis más profundos agradecimientos a mis amigas Valeria Espinoza, Paula Peró, y Carolina Clavijo que fueron las primeras lectoras fuera de mi círculo familiar y que realizaron comentarios útiles y alentadores sobre el manuscrito a medida que lo escribía. A Myriam Quintero, la Abu de Nico, por escudriñar la última versión del manuscrito antes de publicación y sugerir un par de pinceladas interesantes. Y a mi amigo Miguel Lara, aficionado a la fotografía, por tomarme las fotos de autora.

Un agradecimiento muy especial al equipo de talentos profesionales que me ayudó a armar esta obra; a Armando Pico, por prestarme su ojo artístico al fotografiar la primera pintura de la Sinfonía Blanca para la portada; a Yordan Silvera, por diseñar la carátula teniendo presente a mi padre y su constante búsqueda de la perfección a través del arte; y a Vivian Gude, editora, quien llegó a mi vida caída del cielo; gracias a ella por compartir sus muchos años de experiencia en el creativo mundo de las letras y por su pasión al ayudarme a narrar esta historia.

"Había quedado a merced de aquella criatura cuyos encantos no tenía yo modo de resistir. Y pensaba dónde iría a parar mi cuadro, dónde estaría dentro de cien años cuando Carina y yo ya hayamos desaparecido de este mundo. Tal vez su dueño se sentará frente a el a tomar un café, igual que hago yo".

Manuel Pérez Llanes

La mecedora del abuelo

Puse los pies de un salto en el suelo de madera. Otro despertar. Despertar, el regalo que muchas veces antes había tomado por dado, por costumbre, por derecho. Y que ahora significaba un día más de vida en esta tierra. Extendí un brazo hacia la cortina de la ventana y al abrirla, "el día está nublado, no puedo más con esto", fue lo primero que pensé. Esto me sucedía con frecuencia, sobre todo durante los meses de otoño e invierno. A los que nacen en el Caribe nos cuesta adaptarnos a la constante presencia del sol tras un filtro gris. Ya eran 21 años de vivir a pasos de la capital estadounidense, algo que siempre me había consolado, pero ya eran 21 años de renegar los efectos de la falta de calor. No solo el calor que el sol hace sentir en la piel, sino también el que se siente en el alma cuando uno vive a gusto en un lugar.

Me di cuenta de que no me apetecía un café americano sin azúcar, como era mi costumbre. En lugar de eso, quería un expreso bien fuerte, al estilo cubano. Bajé a la cocina y rebusqué entre los gabinetes hasta que encontré una pequeña cafeterita italiana que mi hijo había comprado hacía exactamente un año, para cuando el abuelo nos visitara y se preparara su café con leche matutino. Me recordó el ritual de mi padre cuando pasaba temporadas en mi casa de Maryland y eso me causó un nudo en la garganta.

Mi padre vivía atrincherado en sus rutinas mañaneras. Primero, se daba una ducha que era interminable. Se afeitaba con una crema francesa que venía en una lata, una pasta que había que frotar para lograr alguna espuma, y utilizando una brocha y una sevillana, se miraba profundamente en el espejo tratando de reencontrar al audaz joven que a los 18 años despegó en un Piper J-3 Cub y maniobró su primer vuelo solo. Ya estaba acostumbrado a deslizar aquella navaja en su rostro como si fuera un pincel, como si estuviera dándole los últimos retoques a una de las muchas caras que pintó en su vida. Se ponía unos pantalones de vestir y una camisa de mangas largas, ambos de color negro, un cinto y sus zapatos vegetarianos también negros (no utilizaba cuero porque eso hubiera causado la muerte de algún animalito). Y luego cepillaba hacia atrás su blanca y profusa cabellera con el uso de gomina para que no se moviera ni un solo pelo.

Llegaba con lentitud a la cocina y buscaba la cafetera, una cazuela para hervir leche y preparaba su juego de té favorito sobre la mesa. Uno que tenía un fondo amarillo pálido con un diseño en tonos grises de flores y pájaros, parecido a los que ponen en los hoteles y restaurantes que sirven la hora de té al estilo británico. También ponía sobre la mesa la mantequillera, un cuchillo, una cuchara, servilleta, y un vaso de cristal para agua. De pie ante el fogón, esperaba a que la cafetera comenzara a burbujear y la leche, a hervir. Antes de que se desbordara, levantaba la cazuela y la vertía sobre un colador que ya estaba sobre la taza para colar la nata. Vertía el café y dos cucharadas abundantes de azúcar blanca. Ya había puesto en la tostadora un cuarto de *baguette* francés que sería el acompañante principal.

Sentado muy erecto con ambos pies unidos tocando el suelo y con los brazos sin que los codos se aproximaran al borde de la mesa, comenzaba a mirar a través de la ventana, bebiendo pequeños sorbos del hirviente café con leche y deslizando el cuchillo con mantequilla sobre el pan como si fuera uno de sus pinceles sobre el lienzo. Pasaba en ese trance una media hora, como si estuviera estudiando cada uno de los ladrillos de la casa de enfrente, donde fijaba su vista, como si estuviera esperando a que alguna aguja de los pinos sembrados en el jardín de la vecina cayera con la brisa.

Esa luz filtrada que hace que todo se vuelva gris le hacía muy feliz. El otoño siempre fue su temporada preferida. Y sin distraer sus ojos de la ventana se decía: "Que día tan romántico; esta luz es perfecta para pintar una buena obra. Seguro que en Miami hay un sol y un calor insoportables. Me gusta más acá." Y era cierto, le gustaban más las estadías en la casita colonial del norte, hasta que llegaba el invierno. Le tenía pavor a arroparse con abrigos, guantes, bufandas y botas. Todo ese vestuario arruinaba su *look* de artista por lo que los vientos de invierno siempre eran señal para regresar a las playas miamenses.

Esa mañana yo copiaba el ritual del desayuno de mi padre. Paso por paso repliqué su ceremonia. Serví la mesa con la misma mantequillera, la misma taza de té y coloqué todos los utensilios exactamente como él lo hizo decenas de veces. Al sentarme a la mesa, mirando hacia la ventana, al vacío y con gran vacío interior, escuché en mi cabeza una voz que decía: "hoy está bueno para pintar, mira esa luz". No me pude contener y las lágrimas comenzaron a gotear sobre el café. Moví la cabeza para secarme el rostro y me percaté de las siete obras de arte que cuelgan sobre las paredes del comedor. Todas pintadas por mi padre. Y recordé algo que él repetía en cada una de las conversaciones que tuvimos durante los últimos 21 años, "voy a hacer mi obra, mi propia pintura y van a ser 21 cuadros".

Y es que él nació con ese don. El don de pintar. Pero no pintar como intentan algunos, sino pintar hasta el punto en que dedicó tres décadas a producir réplicas de los grandes maestros de la pintura universal. Entre ellos Sandro Botticelli, Johannes Vermeer, Pablo Picasso, Pierre-Auguste Renoir, Claude Monet, Francisco Goya, Fernando Botero, Franz Xaver Winterhalter, Tamara de Lempicka, Marc Chagall, Kees van Dongen, René Magritte, Herbert James Draper, Alexandre Cabanel, John William Waterhouse, Arthur Hughes, Marie Laurencin, Amadeo

Modigliani, Percy Harland Fisher, Jean-François Portales, El Greco, Fernand Léger y Anthony van Dyck. "Hay gente que tiene gran talento, pero el de él, es inigualable", pensé. Y es que he tenido el privilegio de verlo sentado frente al caballete inmerso en su obra, porque, aunque fuese copia de lo que otros generaron, cada pincelada en esos lienzos había sido de él.

Sentada ahí, en el silencio de la nostalgia, me di cuenta de que mi hermana y yo hemos sido agasajadas con su talento. No, no lo heredamos. Sino que cada vez que se nos había antojado tener un cuadro "famoso", él lo había hecho con un nivel de precisión difícil de describir. Esas cosas hay que verlas para creerlas. Y no hemos sido solo nosotras; otros también se han beneficiado de las obras producidas y reproducidas por mi padre. Amigos, mujeres que amó, gente aprovechada y hasta otro pintor quien, siendo francés, y, según él, "uno de los mejores falsificadores de arte", vendía sus "réplicas" en París a gente famosa. Un impostor con una amplia lista de clientes, incluyendo a algunos artistas reconocidos que ordenaban, ya fuera retratos o réplicas, que el individuo comisionaba a Manuel Pérez Llanes en Miami. Un charlatán que se llevaba la gloria y las ganancias.

Este último pensamiento hizo que la tristeza se transformara en ira. ¿Cómo fue posible que desbordara tanto talento por unos pocos dólares y el anonimato total? Pero no quise juzgarlo en mi mente y sacudí el pensamiento. Me transporté a otra imagen.

Tras el desayuno armaba un caballete improvisado que conservaba en mi casa, lo colocaba frente a la ventana, le ajustaba un lienzo y comenzaba a mezclar los óleos en su paleta. "He desayunado como un rey, ¡ahora manos a la obra!" —hubiera dicho.

Y ahí sentada, casi inmóvil, hipnotizada, mirando los ladrillos de la casa de enfrente, empezaron a rodar imágenes de la última visita que hizo mi padre al Norte en el otoño del 2019. Recordé lo frágil que se veía al levantarse de la butaca donde pasaba horas leyendo: "estoy haciendo lo mejor que se hacer, nada", me decía. Me acordé de cómo yo insistía en que tenía que pintar todos los días para no olvidar su talento; cómo fuimos a comprar pinturas para que él hiciera un cuadro de una foto mía, con un vestido azul, que le gustaba mucho; y cómo todos los días, frustrado, borraba con brocha gorda lo que había pintado el día anterior, demostrando estar poco satisfecho por no lograr la imagen que tenía en su mente: "ponme ya una cara, no te puedes ir y dejarme sin rostro", le decía en forma de broma; cómo cuando fuimos a comprar los tubos de oleo él insistía en que tenía que ser la marca Winton "porque me gustan más los reflejos que dan los colores de ese fabricante"; cómo su actividad física era salir una vez al día a rastrillar las hojas del patio con sus zapatos vegetarianos de vestir porque rehusaba ponerse zapatillas deportivas; cómo esperaba mi llegada del trabajo con ansiedad de niño para que le cocinara y sentarnos juntos a cenar algo vegetariano en esa misma mesa; cómo se alegraba cuando le anunciaba que había traído una botella de vino Pouilly-Fuissé para compartir durante la cena; cómo pasó horas viendo la serie de Simón Bolívar en Netflix junto a mi hijo y hacía comentarios sobre la historia política de Latinoamérica. Las muchas veces que fuimos a la Galería Nacional de Arte donde él se inclinaba a solo unas pulgadas de los cuadros de Rembrandt para observar de cerca las pinceladas: "necesitas hacerte un autorretrato", yo le decía. Recordé cómo se quedaba atónito mirando los cuadros de su colección de 21 que había terminado y me había obsequiado y siempre repetía con ápices de nostalgia: "no puedo creer que yo pinté eso, son una obra de arte maestra". ¡Cuántas veces le pidió a su nieto que le buscara a Carina (la modelo de la colección) por Internet! y, algo poco usual en él, las muchas veces que repitió la historia de cuando conoció a mi madre. Fue durante esa última estadía que supe hasta el más pequeño detalle de cómo se conocieron mis padres en 1959.

En ese momento, me di cuenta de que ya habían pasado casi cuatro meses desde el ocho de agosto de ese año de la pandemia.

Ese ocho de agosto había sido soleado; hacía un día tan hermoso que una amiga me había invitado a pasar el fin de semana en una residencia en la playa. Pese a mi adoración por el sol, el mar y la arena, no sentía ningún entusiasmo por la invitación. La idea de conducir casi tres horas para llegar a las aguas semi heladas de la costa norte atlántica de los Estados Unidos me disuadía del paseo. Pero había algo más: sentía una intranquilidad profunda que no me permitía pensar, coordinar o soportar nada ni a nadie.

Ese era el día número 149 del aislamiento producto del CO-VID-19 en mi ciudad. Sentía que lo indefinido del aislamiento, la incertidumbre, el pánico, y la espera por una vacuna, ya perturbaban mi tranquilidad. Atribuí mi desasosiego interno a todo lo que acontecía en el mundo exterior y a los muchos días de estar encerrada entre cuatro paredes.

—¡Me voy a correr a D.C.! —le anuncié con exasperación a mi hijo Daniel.

Y con la misma me puse un conjunto deportivo azul. Generalmente me recojo el cabello para mis salidas a trotar. Pero ese día, era mi cabello rojo, encrespado, suelto, al aire libre, a la deriva. Sin tomar ningún alimento, me monté en el auto y manejé hasta el Capitolio. Si, ese Capitolio, el de los Estados Unidos de Norteamérica, en su capital nacional, epicentro de poder.

Estacioné y salí rápidamente trotando hacia el monumento al Presidente Abraham Lincoln, esa obra maestra que ha sido sede de tantos reclamos de justicia en este país.

En los 21 años que llevo viviendo en el área metropolitana de Washington, D.C., cada vez que, por alguna razón, siento necesidad de auxilio emocional, corro hacia ese monumento.

Fue una carrera placentera, con mucho sudor. Llegué al monumento y subí las escalinatas, respiré profundo frente a él y volví a leer las inscripciones talladas en las paredes, palabras que resuenan en el alma sin importar quién eres, de dónde vienes, ni cuáles creencias o tendencias políticas tienes.

Me fijé en las últimas palabras del breve discurso durante su segunda toma de posesión, donde, tenso, sobrio, sin adornos o figuras retóricas, con un enfoque pragmático, habla de la Reconstrucción tras la Guerra Civil, rechazando el triunfalismo y reconociendo el mal de la esclavitud.

"Sin malicia contra nadie, con caridad para todos, con firmeza en el derecho que Dios nos otorga para ver el derecho, aspiremos a terminar la obra en la que estamos para restañar las heridas de la nación, para cuidar de aquel que haya soportado la batalla y para su viuda y su huérfano, para hacer todo lo que logre y aprecie una paz justa y duradera entre nosotros y con todas las naciones".

Permanecí ahí por un rato. Me tomé la "selfi" de rigor. Luego fijé la mirada en los ojos de Lincoln, y me dije:

"¡Carajo, cómo se parece a mi papá!"

Nunca me había dado cuenta de que la profunda mirada de esta escultura era tan parecida a la de mi padre cuando se sumergía en la lectura. Después de pasar unos instantes con Lincoln, salí escalinata abajo y de regreso al Capitolio. Es una buena carrera y pensé que eso calmaría ese estado de ansiedad que experimentaba.

De regreso a casa, tomé una ruta por la North Capitol Street. Me encanta ese recorrido, es el Washington que no ven los turistas, el de los vecindarios menos pudientes, carentes de la majestuosidad arquitectónica de ciertas zonas de la capital, pilares de la presencia histórica afroamericana en la ciudad.

De repente me detuve en una intersección. Miré hacia la izquierda y vi a dos señoras balanceándose en unas mecedoras. En realidad, eran tres las mecedoras, pero la del centro estaba vacía. Me vino a la mente una imagen que hacía exactamente 45 años no veía. Mi abuela paterna Belén y mi tía María, hermana de mi papá.

Recordé que, durante mi infancia en Cuba, cada vez que visitábamos a la abuela Belén, ella y su hija María nos esperaban sentadas en balancines similares en el balcón de su apartamento. Y siempre había uno vacío en el medio, porque ahí era donde se sentaba el abuelo Olegario. Ese gran señor, caballero cabeza de familia. Las damas siempre dejaban ese sitio para él.

Di una vuelta en U y me estacioné frente al lugar, Lenda's Vintage Thrift. Resulta que era una tienda de antigüedades y las dos mujeres eran madre e hija.

—Buenas tardes, disculpen, me recordaron a mi abuela paterna y a mi tía —les dije, sonriente y con tono amistoso, al interrumpir su conversación—. Se sentaban así. ¿Puedo entrar?

—Sí, claro. —contestó la más joven de las dos.

Entré al establecimiento y todo me encantó; estaba como niña en juguetería. De repente vi una tabla de planchar, una de esas de madera con un mecanismo arcaico de metal para abrirla.

—Me encanta esta tabla de planchar —dije con gran emoción—. Es igualita a la que utilizaba mi abuela Belén para planchar la ropa. ¿Cuánto cuesta?

La señora, Lenda, iba a darme el precio, pero de repente sonó el teléfono de la tienda. Se puso a hablar y de pronto la vi cabizbaja, a punto de llorar. Me conmocionó su repentina tristeza y le pregunté si estaba bien.

—Mi tía acaba de tener un ataque al corazón —me respondió con voz quebrantada—, es mi otra tía al teléfono. Espéreme, déjeme ver qué pasa.

—¡Por Dios, qué pena! No se preocupe, hable, yo voy a mirar mientras tanto.

La dueña del negocio trataba de averiguar el estado de su tía. Se veía muy preocupada, compungida y confundida. Mientras yo inspeccionaba la colección de artefactos de la tienda, escuchaba retazos de la conversación. Me gustaban muchos de los artículos viejos que tenía ahí, pero en realidad estaba más concentrada en la conversación de la señora.

Cuando terminó la llamada me preguntó si deseaba algo y le dije que sí.

—Definitivamente me llevo esta tabla de planchar antigua, me recuerda mucho a mi abuela paterna que falleció hace muchos años. Y ese baúl, y la mecedora que está afuera, la que está entre ustedes dos, me recuerda a mi abuelo Olegario. ¿Cuánto por esas tres piezas?

Algo desconcertada por la llamada y por mi historia, me dijo:

—140 dólares en efectivo.

—No tengo efectivo, ¿dónde hay un cajero cerca de aquí?

—En la esquina —dijo, apuntando hacia otro establecimiento que quedaba a una cuadra.

—Muy bien, voy y regreso enseguida.

Y así fue. Fui corriendo al cajero a sacar dinero. Regresé a la tienda y la propia señora me ayudó a montar todos los artefactos en el coche.

Iba contenta con las adquisiciones. Pensé que había logrado un precio extraordinario e iba tratando de imaginarme donde pondría cada pieza en mi casa. En realidad, ese hogar ya no aguantaba un traste más. Entre las compras realizadas a través de los años y las inmensas obras de arte hechas por mi padre que ocupaban todas las paredes, ya no quedaba espacio visual para mucho.

Pero me dije, "siempre hay un hueco para un baúl, una mecedora y una tabla de planchar de madera de la época de la abuela". En ese momento no tenía ni la menor idea del gran significado que estos tres muebles iban a tener en mi vida.

Llegué a casa y me puse a desempolvar aquellos tesoros. Busqué todos los productos para dar lustre que tenía y empecé a pulir esas tres maravillas. Mientras me concentraba en el vaivén de lustrar, me pregunté: "¿Qué pasó, por qué compré todo esto? De verdad que en esta casa no hay espacio para todo esto. ¿Dónde los voy a poner?"

Mientras sostenía ese diálogo interno, me llamó mi hijo.

16

—*Mom*, voy camino a casa. Viene mi amigo Brett de Pensilvania y le prometí que le voy a cocinar —me decía con emoción, y me preguntó si se podía quedar en casa ese día para regresarse por la mañana.

— ¡Qué bien! ¿Tú cocinas?

—Sí, *mom*.

—Ok, me encanta. ¡Dale! —exclamé, al estilo del cantante Pitbull—. Nos vemos pronto.

Llegó mi hijo Daniel a casa con toda una compra de supermercado y me puse a preparar nuestro mesón en el patio de la casa, donde acostumbramos a hacer celebraciones a la Toscana.

El *fetuccin*i a la carbonara le quedó divino a Daniel. Cenamos y conversamos mucho con Brett sobre romances y su poca suerte con las jovencitas. Hubo muchas risas y un manantial de consejos por parte de madre e hijo para el invitado. Me encanta ese amigo de mi hijo. Es veterano de la guerra de Afganistán, se conocen desde la escuela secundaria y ambos dicen ser mejores amigos.

Después de la cena los jóvenes no sabían cómo decirme que querían ir a un bar en Washington, D.C. Sabían que les iba a regalar un gran sermón sobre los bares y COVID-19, que tenían que cuidarse y que por qué mejor no se quedaban en casa. Pero fueron arriesgados y abogaron por su deseo de ir a un bar en la capital. Accedí y ellos se alistaron y se fueron rapidísimo mientras yo recogía la vajilla para empezar a lavarla.

Sonó el teléfono y era mi hermana.

—¿Cuándo fue la última vez que hablaste con papi? —me preguntó con nerviosismo en su voz.

Quedé desconcertada. Nunca antes mi hermana me había hecho este tipo de llamada.

—Ayer, hablamos del avioncito que le envié de regalo. ¿Qué pasa? —contesté con impaciencia.

—Andrea está en la casa, dice que no ve señales que haya hecho su rutina hoy. Está preocupada.

Andrea es mi sobrina. Durante los últimos dos años Andrea y su abuelo habían sido vecinos, compartiendo la misma propiedad, y se vigilaban mutuamente. Él la cuidaba con gran amor paternal. Y ella velaba sus entradas y salidas. Que últimamente, por lo del coronavirus, eran solo al supermercado. El que Andrea hubiera notado que no había salido a darle comida al gato era señal de que algo no andaba bien.

—Estoy en los cayos; le dije que no abriera la puerta, que llame a los bomberos, y que ya salimos para allá —dijo mi hermana.

Mi hermana y mi cuñado estaban en un bote navegando a través de los manglares de Cayo Largo, en la Florida, de regreso a casa. Habían pasado la tarde en alta mar disfrutando de la puesta del sol. De vuelta, ya había anochecido. Era una noche despejada, el mar estaba sereno y el cielo iluminado con tantas estrellas y constelaciones que mi hermana recordó la pintura The Starry Night, de Vincent van Gogh.

Las dos hermanas estábamos en extremos opuestos de la Costa Este de los Estados Unidos. Ambas desesperadas llamábamos a Andrea. La pobre joven contestaba impaciente. Se le sentía el nerviosismo en la voz mientras esperaba a los bomberos. "No abras la puerta, espera", le insistíamos.

También llamábamos por teléfono a nuestro padre repetidas veces. Las llamadas iban directo al buzón de mensajes. Colgábamos y volvíamos a marcar, no había respuesta.

Decidí llamar a mi hijo, quien ya iba rumbo a Washington, D.C., y desesperadamente le dije: "Regresa, algo está mal con abuelo Manolo".

Ya lo sabía, ya lo sentía.

Marqué una vez más el número de mi padre, respiré profundo, y dejé mensaje, llorando: "Pipo, contesta. Por favor, nos queda otra Pouilly-Fuissé por bebernos, no te vayas todavía".

Permanecí sentada en la cabecera del mesón esperando a que los bomberos llegaran a la casa de mi padre en Miami. Daniel y Brett llegaron en cuestión de unos pocos minutos que parecieron eternos; ambos se sentaron silenciosos y cabizbajos, uno a mi derecha y otro a mi izquierda. Yo solo susurraba entre llanto y sollozos, relataba anécdotas sobre la última visita de mi padre, me reprochaba no haber ido de visita a Miami por el temor de viajar con lo del COVID-19, maldecía el virus por no haber permitido que mi padre viajase a visitarme en la primavera, como de costumbre; relataba cuánto nos reímos la última noche que nos sentamos a comer queso con vino; y mencionaba la pintura de mi foto con el vestido azul que había quedado sin terminar.

En medio de ese monólogo, llamó Andrea. No se le entendía lo que decía. Sollozaba e hiperventilaba. Solo atinó a decir: "Está muerto. Dicen que se murió. Está muerto".

Traté de consolarla, pero colgó el teléfono rápidamente.

Llamé a mi hermana que me dijo que ya estaba llegando a la casa de nuestro padre y me ratificó lo que me había dicho Andrea. No hablamos mucho. Para mi hermana ahora era cuestión de enfrentar los procedimientos iniciales ante la muerte de un familiar. Para mí, era cuestión de comprar boleto para el próximo vuelo de Washington, D.C. a Miami.

Sentada en el mesón, miré hacia arriba y el cielo estaba despejado. Quedé callada por un instante y de repente grité.

"¡Abuela Belén, te lo llevaste!"

Muerte en tiempos de Coronavirus

Las tres horas posteriores a la noticia siguen siendo una nebulosa.

Era aún madrugada cuando mi hijo me llevó al aeropuerto Ronald Reagan de Washington, D.C. Tomé el primer vuelo a Miami. Hacía pocas semanas que se había reanudado el movimiento de viajeros en los vuelos domésticos, pero el aeropuerto aún estaba desolado. Llegué al mostrador y la joven empleada de la aerolínea que me atendió se dio cuenta de mi notable lagrimeo sobre la mascarilla.

—Señora, ¿está bien? —me dijo, con la típica falta de emoción de empleados de aerolíneas que trabajan el turno de madrugada.

—Mi padre se murió —fue lo único que respondí.

—Lo siento, son tiempos muy difíciles. Que tenga buen viaje —dijo, con los ojos pegados al computador.

No pude parar de sollozar durante todo el vuelo. Afortunadamente, el avión estaba prácticamente vacío y, recostada a la ventanilla, puede desahogarme sin molestar a nadie. Me pasaban por la mente imágenes vívidas de mi padre. Era como una película que ya había visto. Desfilaron memorias de la infancia y de la adolescencia que yo pensé habían quedado borradas con los años.

Me remonté al año 1970, cuando él se fue de Cuba y yo, con apenas cinco años de edad, fui con mi madre al aeropuerto José Martí de La Habana a despedirlo. Recordé como me sentaron en la baranda de un balcón que colgaba sobre la pista de aterrizaje. Ahí era donde los familiares le daban el último adiós a los que decidían irse, huyendo del comunismo. Me sentaron en la baranda con los pies colgando hacia la pista para que yo viera al grupo de cubanos que iba a abordar el avión de Iberia que partía a España. Recordé aquella fila de personas afligidas desfilando hacia las escalinatas de la aeronave, cómo algunas se volteaban, levantaban una mano y daban un adiós a sus familiares, a sabiendas de que no había ninguna garantía de que se volverían a ver. Otras, simplemente no tenían el coraje de mirar hacia atrás. Mi padre iba vestido con un traje gris y una maleta en la mano. Él sí dio media vuelta, sonrió desplegando todos sus dientes, e hizo un gesto de adiós. En ese entonces yo no comprendía por qué se iba, por qué nos dejaba atrás. Mi hermana, aún de brazos, con apenas seis meses de nacida, se perdió esa imagen. Esa sonrisa fue mi refugio de esperanza por muchos años, una promesa de que algún día nos volveríamos a ver, de que él regresaría y nos sacaría de allí. Ya de más grande supe que, simplemente, se había ido de una dictadura, y que salió primero y solo porque eso fue lo que le permitió el gobierno.

Y así fue. Ocho años más tarde, tras una suspensión en las comunicaciones producto de las imposiciones del régimen cubano, mi padre regresó de visita.

Durante la administración del Presidente Estadounidense Jimmy Carter se tomaron diversas medidas para mejorar las relaciones entre los Estados Unidos y Cuba. En 1978 tuvo lugar el primer vuelo comercial en dieciséis años de Miami a La Habana. El gobierno cubano también permitió la visita de la Brigada Antonio Maceo, la primera de exiliados cubanos a la isla. Muchas organizaciones cubanas en el exilio protestaron por la apertura de las relaciones con Cuba, mientras que otras apoyaron el acercamiento. Hubo un acuerdo para liberar presos políticos, una acción del gobierno cubano con miras a mejorar sus relaciones públicas. Muchos exiliados cubanos debatieron la utilidad del diálogo; algunos se mostraron satisfechos con la invitación, otros dudaron de la sinceridad de las negociaciones. Al final, el vaivén de esas negociaciones condujo a que miles de exiliados cubanos regresaran de visita a Cuba.

Y así fue como regresó mi padre a vernos.

Recordé ese día, cuando mi madre nos llevó al Hotel Nacional en La Habana a reencontrarnos. Ya mi hermana no estaba en brazos, era una niña de ocho años que conocía a su padre por primera vez. Yo, con trece, había estado tan nerviosa con el retorno de mi padre, que no había podido dormir la noche anterior. Llegamos al lobby de aquel hotel y esperamos a que él bajara de su habitación, ya que no se nos permitía subir. Había un gran gentío. Exiliados cubanos abrazando a esos familiares que habían dejado atrás. Había mucho ruido, gritos de alegría, llanto, conversaciones en alta voz. Mi madre miraba por todas partes tratando de encontrar a nuestro padre en el tumulto de personas del vestíbulo, pero no lo hallaba.

—Mira tú, Lorna, a ver si lo encuentras —me dijo, con inquietud.

Levanté la vista, y en una esquina, cerca de un mostrador, ahí estaba, vestido con un pantalón negro de pata/bota campana y una camiseta blanca con un listón negro atravesado de hombro a hombro. Tenía el cuello estirado y giraba la cabeza también buscando entre la gente a su familia. Yo salí corriendo hacia él, gritando:

—¡Pipo, Pipo!

Me le paré enfrente con los brazos extendidos para abrazarlo y él me miró como si yo fuera una extraña. No me reconoció.

Había dejado atrás a una niña de cinco años y era a la que esperaba.

—¡Cómo has crecido! —fueron sus primeras palabras después de tanto tiempo de separación.

Aterrizar en Miami me trajo fuerzas renovadas. Mi hermana me esperaba en el aeropuerto y estaba consciente de que tendría que ser fuerte para sostenerla. Después de todo, soy la mayor de las dos.

Nos abrazamos, sollozamos y derramamos lágrimas. Ella abrió el maletero de su auto y puso mi maleta adentro.

—¿Qué hacemos?, ¿qué quieres hacer? —me preguntó, algo desconcertada, mientras conducía hacia su casa.

—Quiero verlo. Quiero orar sobre su cuerpo. —declaré firmemente.

—Tenemos que llamar a la oficina del médico forense. Lo tienen ahí para hacerle la autopsia y determinar de qué falleció, pero también le tienen que hacer la prueba del COVID-19. Si murió de coronavirus no nos dejan verlo —me advirtió con seriedad.

Comenzó a ponerme al tanto sobre todo lo que había acontecido durante mis horas de viaje. Mi cuñado, el Chino, y mi sobrino menor, Julián, eran los únicos que habían entrado a su dormitorio mientras yacía muerto sobre la cama y los paramédicos preparaban su traslado a Medicina Legal.

—Dicen que tenía puesta el pijama. Parece que murió mientras dormía. Dice el Chino que estaba hinchado, desfigurado.

—¿Lo viste?

—No. El Chino me dijo que era mejor no verlo así, que me iba a causar mala impresión.

—Bueno, yo quiero verlo —reafirmé, con mucho ímpetu.

—Él siempre me decía que quería que lo cremasen y que sus cenizas fueran lanzadas al río Sena, en París, junto a las de Tokky. ¿Qué vamos a hacer?

—¿Junto a las cenizas del perro? ¿París? ¿No se le pudo ocurrir algún lugar aquí en Miami?

Ambas nos reímos.

—¿Y cómo lo vamos a velar? Dicen que las funerarias están permitiendo pocas personas para los funerales —preguntó ella, retomando el tema.

—No tenía tantos amigos —susurré—. Seremos nosotros solamente.

Entre llamadas a la oficina del médico forense y la funeraria se nos fueron las primeras horas de la mañana. Mi cuñado había ido de regreso al apartamento a sacar el colchón de la cama donde había fallecido y ya lo había llevado al basurero de la ciudad. Llegó nuestra prima Loipa y, dentro de la indecisión que reinaba en ese momento, decidimos ir las tres al apartamento de mi papá. No había ningún propósito específico, solo estar allí.

Al abrir la puerta, lo primero que vi fue el avión antiguo que yo le había enviado hacía unas semanas, colocado sobre su mesa de las pinturas. Ese avioncito fue el tema de la última conversación telefónica que habíamos tenido.

—¡Qué lindo está!, me recuerda mucho al que yo volé por primera vez —dijo con un tono de voz alegre al recibirlo. —Lo voy a colgar del techo para verlo flotar en el aire como si estuviera volando.

—No te vayas a trepar a nada para tratar de colgarlo —insistí—. Ya estás viejo, no te subas en nada, no vaya a ser que te caigas y te lesiones.

—No te preocupes. —dijo, con deleite ante mi preocupación—. Soy un roble y aún me quedan 100 años de vida.

Escuché su carcajada en mi mente. Y me dio alegría comprobar que había seguido mi consejo de no colgarlo del techo.

Al lado de la mesa había un caballete con otra pintura mía sin terminar. Era una obra que había comenzado hacía cinco años basada en una foto que me tomaron durante la celebración de mis cincuenta años. Al frente, una pintura de las grandes de su colección de las 21 obras, montada sobre otro caballete. Ésta tenía una foto de mi hijo Daniel fijada con cinta de pintor a una esquina. Al lado de ella había un mueble con la caja con las cenizas de su perro, Tokky, encima; fotos de mis sobrinos, la foto favorita de la abuela Belén y una del abuelo Olegario, ambos en plena juventud; y una de mi hermana y yo, también mucho más jóvenes. Al otro lado del mueble, pegadas en la pared, había varias fotos en blanco y negro de su primer vuelo solo, su foto favorita de él mismo ese día al aterrizar estrechando la mano de quien había sido su instructor; su licencia de Piloto Aviador Civil otorgada por la Comisión de Aeronáutica Civil de la República de Cuba en 1960 y cuatro fotos más de "el bautizo de mi primer vuelo solo". Un estante con un sinfín de tubos de óleos, organizados por tamaños y colores; frascos con sus pinceles y los tientos que utilizaba para sostener su pulso al pintar.

Calladas, nos pusimos a mirarlo todo, a grabar mentalmente el orden que existía en el lugar. Lo que más resaltaba eran tres pinturas de casi seis pies de altura, cada una parte de su colección de 21 cuadros. Las tres firmadas y fechadas en el 2005.

—Éstas fueron pintadas hace quince años —logré romper el silencio, con una vocecilla tenue.

—Creo que las dedicó en el dorso recientemente —dijo mi hermana.

Le di la vuelta a uno de los caballetes y al mirar el dorso del lienzo, descubrí "PARA LORNA CUANDO YO MUERA", firmada otra vez por mi padre, y con fecha del 19 de febrero de 2019. Y así con letras mayúsculas estaban también dedicadas las otras dos pinturas, una, "PARA LORETTA CUANDO YO MUERA" y otra más para mí.

Tragué en seco y me senté en la butaca que él utilizaba para sentarse a pintar. Traté de descifrar el porqué de la distribución. A través de los años había hecho obras para las dos y siempre se había asegurado de que recibiésemos equitativamente. De esta colección de pinturas mi hermana solo tenía tres obras y yo ya tenía cinco en casa. Nunca las había pedido, pero de repente, a principios del 2011, había recibido un tubo con un lienzo y bastidores. La imagen era el busto de una joven con un vestido blanco sin mangas, con los hombros cubiertos por una mantilla negra y con un violín y su arco colgando en el trasfondo. Cuando llamé a mi padre para preguntarle quién era la modelo del cuadro, me dijo: "Mi musa favorita; se llama Carina".

Ese mismo año recibí otros dos cuadros de las mismas medidas que los otros que nos dejó dedicados. La misma joven, con el mismo atuendo, con el violín o con un libro cuya carátula rezaba "El Retrato de Dorian Gray". En febrero del 2015 recibí un cuarto cuadro. En éste la mirada de la joven era diferente; miraba hacia abajo, como esquivando al pintor. Incluía una nota de mi padre que decía: "Quizás tengas que regalar este cuadro algún día". Nunca le pregunté a qué se refería, a sabiendas de que no me daría mucho detalle. Preferí esperar que pasara el tiempo para comprender su mensaje.

Llegó mi sobrina y enseguida se dirigió al dormitorio.

—Hay más cuadros acá; algunos están sin terminar y hay varias cajas selladas —dijo, mientras rebuscaba entre las pinturas recostadas a las paredes.

Me disponía a levantarme de la butaca, cuando ella salió con dos cuadros, uno en cada mano. Ambos estaban terminados. Ambos eran de una foto de cuando yo tenía cinco años.

—¿Y esos, de donde los sacaste? —le pregunté, sorprendida.

—Estaban detrás de otras pinturas.

—Ya tengo esa pintura. Me la mandó el año pasado, pero el fondo es diferente. No sabía que había otras, nunca me dijo.

—¿Te las vas a llevar? —preguntó, rápidamente.

—Sí, supongo. No me terminó la de los cincuenta, pero ésta la hizo tres veces —dije, en tono reclamador.

Y fue ahí cuando me di cuenta de que, para mi padre, yo nunca había crecido.

Ya nos habían dado los resultados de la autopsia, había sido muerte natural. Su corazón, simplemente, dejó de latir. Pero hubo que esperar todavía unos días más por los resultados del examen obligatorio de COVID-19 y por el traslado del cuerpo a la funeraria. Había lista de espera para el transporte de los cuerpos que estaban en la oficina del médico forense a las funerarias debido a "la cantidad de muertos producto de la pandemia". En nuestro desespero, mi hermana y yo decidimos ir a la funeraria para que el personal nos conociera en persona, a ver si así se podía agilizar el proceso. Pero nada, había que esperar a que nos notificaran su arribo a la funeraria y de la condición en que se encontraba su cuerpo para determinar si podíamos velarlo en un funeral privado.

—El director de la funeraria es el que decide si lo van a poder ver o no. Si el cuerpo está muy deteriorado, no recomendamos que se vea —nos dijo, titubeando, un empleado.

—¿Y por qué estaría tan deteriorado? ¿No está refrigerado? —pregunté.

En realidad, nunca hubo respuesta a esa pregunta.

—El asunto es que, si está muy descompuesto... como les puedo explicar... se le puede desprender un brazo y romperse, se le pueden zafar partes del cuerpo —continuó tratando de explicar aquel hombre.

A mi hermana se le puso la cara pálida y frunció el ceño.

—Gracias por compartir detalles tan específicos —fue lo único que atiné a responder de forma brusca, sin entender aún los pormenores.

Noté que el hombre tenía quemaduras en la mano izquierda y me lancé a preguntarle si también trabajaba en el fondo, en el crematorio, colocando cuerpos en el horno.

—Hoy en día nos toca hacer de todo —respondió, con resignación.

Salimos de ese lugar abrumadas y sin la menor idea de qué decisión tomar. Lo que sí sabíamos era que íbamos a organizar una cena familiar íntima en memoria de nuestro padre, y decidimos regresar a su apartamento a rebuscar entre sus fotos.

Entre nostalgia, espera y confusión, entramos al dormitorio donde nuestro padre había muerto, dispuestas a hacer una revisión más profunda de sus pertenencias en busca de fotografías para crear una cronología de su vida que íbamos a poner a la vista durante la cena familiar en su memoria con nuestros hijos. Encontramos cajas con muchas fotos; en blanco y negro de su infancia y juventud en Cuba; fotos de los abuelos; muchas fotos de su hermana María cuando era joven; fotos con nuestra madre durante esos siete años que tuvieron de convivencia matrimonial; fotos durante su paso por España al salir de Cuba; fotos de la década de los ochenta; fotos con los nietos; y fotos de mi hermana y mías a través de los años. Estábamos escogiendo algunas para el proyecto que teníamos en mente, cuando decidimos abrir otra caja.

Y en esa había cientos, si, cientos de fotografías de mujeres que desconocíamos. La mayoría posando, semidesnudas. Nunca antes había visto tantos tipos de senos. Nada vulgar ni pornográfico, todas con la obvia entrega artística a los ojos de un pintor.

—Que fácil se desnudan algunas mujeres cuando les dicen que las van a pintar —dijo mi hermana.

—Es halagador que lo pinten a uno. Aparte, si tienes buen cuerpo, qué más da —le contesté—. Vaya usted a saber cuántas de ellas lograron que le hicieran cuadros.

Siempre habíamos estado conscientes de que nuestro padre era pintor y de que el desnudo femenino era central en su obra. Nos había tomado años aceptar que era un hombre libre, abierto, progresista y con alma bohemia. Como hijas, siempre nos había resultado un reto el que le rodearan mujeres más jóvenes que nosotras mismas, dispuestas a obsequiarle admiración y soltar sus ropas a cambio de la promesa de una pintura.

Comencé a revisar otra caja y encontré decenas de páginas escritas de puño y letra de nuestro padre. Otras estaban mecanografiadas obviamente con una máquina de escribir antigua. Era un manuscrito y estaba acompañado de varios diarios.

—Aquí está, este es el manuscrito del libro que me dijo una vez que estaba escribiendo —le anuncié a mi hermana.

—¿Qué libro? —preguntó ella desorientada.

—¿No te acuerdas de que hace unos quince años empezó a hablar de que iba a escribir un libro relacionado con su pintura?

Mi hermana asintió con la cabeza.

—Aquí está.

Recordamos que, alrededor del año 2005, nuestro padre había hablado de que su sueño era poder completar su obra de veintiún pinturas y luego publicar un libro relatando como había logrado la colección.

—Pensé que no había hecho nada —dije—. Me lo voy a llevar de recuerdo.

Rebusqué en el closet y encontré la maleta que él siempre utilizaba para viajar a Maryland. Saqué el manuscrito de la caja y lo puse dentro de la maleta. Lo acompañé de los diarios y del abrigo que también siempre llevaba cuando me visitaba. Al acomodar todas aquellas páginas sueltas, una cayó al suelo: era la primera que mostraba el título de su libro, Sinfonía Blanca. Nombre que le había dado a su colección. Le dije a mi hermana que lo iba a leer cuando me sintiera más fuerte. Ella estuvo de acuerdo en que fuera yo quien leyera esas páginas.

Como si encontrar fotos de mujeres desnudas, diarios personales y el manuscrito de un libro no hubiera sido suficiente, abrimos otra caja y encontramos decenas cintas de casete. Todas tenían escrito, de su puño, el contenido de las grabaciones y las fechas. "Llamada a Cuba. Junio 11 1978. Conversación con Lorna, Loretta, Graciela y papá."

—No puedo creer esto —le anuncié a mi hermana—. Ésta es la primera conversación telefónica que tuvimos con él después de los ocho años de separación. La grabó y aquí está.

Recordaba ese día perfectamente. Nuestra madre nos llevó a casa de los abuelos paternos porque una vecina de ellos tenía teléfono. A través de telegramas se habían pautado la fecha y hora en que él trataría de llamar para que nosotras estuviéramos presentes y pudiéramos conversar con él. Yo iba a escuchar su voz por primera vez después de tantos años. Mi hermana iba a hablar con él por primera vez en su vida. Ahí estaba esa grabación, que había sobrevivido al pasar del tiempo.

—¿Te acuerdas de ese día? —le pregunté a mi hermana.

—No. No recuerdo.

Y sin más, fui a la sala donde nuestro padre conservaba un reproductor de casetes, uno de esos ya arcaicos de RadioShack, pero que aún funcionaba. Lo puse y comenzamos a escucharlo. Y ahí empezó a reproducirse la conversación con la voz firme, juvenil, y esperanzada de nuestro padre.

—Cuéntame de Lorna. ¿Cómo es de carácter, sigue siendo seria? Y Loretta, ¿cómo es ella? —le preguntaba a nuestra madre.

Hablaban de un envió de dinero, de un paquete de ropas y zapatos que había hecho, de las tallas y medidas de nosotras dos.

—Yo les mando parejo a las dos. Hasta cuando escribo hago una carta para cada una, para que ninguna se ponga celosa.

Permanecíamos en silencio mientras escuchábamos la voz de nuestra madre compartiendo pormenores con nuestro padre sobre lo que era, en ese entonces, nuestra vida cotidiana en La Habana. Ella le daba una actualización de cuánto habíamos crecido y cómo íbamos adelantando en el colegio. De repente él dijo:

—Ponme primero a Lorettica.

—Oigo —se escuchó la voz infantil de mi hermana.

—Hola, ¿me oyes? ¿Cómo tú estás mi amor?

—Bien ¿y tú?

—Bien, con mucho deseo de verte y de conocerte.

—Igual que yo.

—¿Tú me escribiste, mi amor?

—Sí, y mi hermana también.

—Ay, no he recibido ninguna de las dos cartas. Y quisiera ver la letra tuya, como tu escribes, porque nunca la he visto.

Miré a mi hermana; se había recostado a una pared y lloraba sin cesar, mirando fijamente a la casetera. Escuchando con el alma aquel diálogo de su primera conversación con su padre.

—Te voy a mandar un reloj —le decía él.

—Y dos muñecas.

—Sí, dos muñecas y un reloj. Voy a mandar una para cada una. Quiero que me manden unas fotografías tuyas, porque las que tengo son de cuando eras más chiquita. Voy a mandar un paquete con una cámara para que te tomen fotos. ¿Estás estudiando mucho? ¿Sabes lo que quieres estudiar cuando seas grande?

—No sé.

—Le dices a abuela Belén que me escriba, que hace mucho tiempo que no me escribe.

—Sí. Mándame una maleta para el colegio y una capa de lluvia.

—¿Que más quieres? Dime otra cosa que quieras. Dime todo lo que quieras.

Entre lágrimas y tratando de recuperar la respiración, mi hermana rompió el eco de la grabación: "Eso mismo hacía yo con él. Durante estos últimos años era yo quien le preguntaba eso:

"¿Qué necesitas?, dime qué otra cosa necesitas". Y no sabía que él había hecho eso conmigo de niña".

Era cierto. Era ella la que se ocupaba de las necesidades y antojos de nuestro padre. Yo, a la distancia, me había convertido en la hija ausente, mientras que ella había tomado las riendas y responsabilidad por su bienestar.

Pero en el instante que escuchábamos esta grabación, mi hermana se había convertido de nuevo en una niñita, recibiendo el cariño de su padre por primera vez.

—Bueno, tú me escribes y me dices todo lo que tú quieres. Óyeme, yo te quiero mucho y siempre me acuerdo mucho de ti y tengo muchos deseos de verte.

—Yo igual.

—Tírame un besito, —le pidió él.

El audio de la grabación reveló un sonidito gracioso y cariñoso por parte de ella. Ambas quedamos mudas, las palabras, simplemente, se nos atragantaron.

La llamada de la funeraria trajo malas noticias. "Su cuerpo no está en las mejores condiciones. El director es de la opinión que mejor no lo vean, que sea directamente cremado".

Yo insistía en que quería orar sobre su cuerpo, descompuesto o no. Que lo pusieran dentro de un ataúd y que lo taparan con sábanas, que se hiciera lo que fuese necesario para poderme parar a su lado. Mi letanía fluctuaba de ruego a súplica a ira hacia el personal del lugar. Si la prueba de coronavirus había dado negativa, ¿por qué no podía verlo? Ellos, también agobiados con la cantidad de cuerpos y familias en situaciones similares, solo atinaban a cerrar los casos con la mayor prontitud posible. No les alcanzaban las horas del día, ni las neveras, ni los hornos crematorios, ni la paciencia. Pero dentro de todo, trataban de ser corteses y prácticos.

—Yo prefiero no verlo —anunció mi hermana. —Él era muy presumido. Siempre que yo le decía que iba rumbo a su casa a dejarle algo, aunque se tratase de una visita breve, me decía que le diera media hora para alistarse, y se aseguraba de estar bien arreglado y perfumado. Nunca lo vi ni siquiera despeinado. Estoy segura de que no se hubiera dejado ver muerto. Yo prefiero quedarme con la imagen que tengo. No, no lo voy a ver así.

No argumenté más y me percaté de que yo tampoco prefería esa imagen. Después de todo, el razonamiento por parte del personal de la funeraria era que era mejor no moverlo para que no se le desprendiesen los brazos o piernas. Así de cruda y cruel era la realidad. Tuve que llegar a la conclusión de que hubiera sido egoísta de mi parte enviar al crematorio un cuerpo desmembrado y desarmado. La determinación fue hacer copias de su foto favorita del día en que su instructor de aviación le felicitaba tras el aterrizaje de su primer vuelo solo y de las fotos de la abuela Belén y del abuelo Olegario, las que habíamos encontrado al lado de uno de los caballetes.

—Por favor, ¿se pueden asegurar de que le pongan estas tres fotos en el pecho cuando lo cremen? —fue mi petición a una chica muy amable que trabajaba en la funeraria.

—Sí, no se preocupe. —afirmó, con serenidad—. Yo personalmente me voy a asegurar de que la petición se cumpla. Voy a poner una nota en el expediente que diga que me llamen antes de ponerlo en el horno crematorio.

Me estremecí, pero quise seguir indagando.

—¿Usted llevaría las fotos a la persona encargada?

—A la hora de ser cremado vienen a buscar el expediente en la oficina. Yo lo voy a mantener conmigo y les daré bien las instrucciones —me decía mientras miraba fijamente las tres fotos.

—¡Que guapo era! —exclamó.

—Sí, era todo un galán —le contesté, con cierta alegría.

—¿Era piloto? —preguntó, mientras le brillaban los ojos.

—Sí, esa fue su primera pasión y luego fue artista, pintor. Solo pintaba mujeres.

—¿Te pintó a ti?

—Varias veces. Bueno, varias veces de niña y de adolescente. Me dejó dos obras sin terminar de ahora que estoy más vieja.

Ella sonrió y me repitió su promesa de que vería que las tres fotos fueran puestas sobre su pecho antes de meterlo al fuego.

—No te preocupes, él ya vuela, vuela muy alto, y sabe lo difícil que ha sido esta decisión para ustedes. Lo cremaremos en unos días, porque hay otros por delante. La entrega de las cenizas se está demorando un poco, ya que el certificado de defunción viene del Estado de la Florida y ese proceso se está dilatando mucho por lo de la pandemia. Tenemos que entregar las cenizas con el certificado, así que, en cuanto llegue, le llamamos para que vengan a recogerlo todo —concluyó.

Nos despedimos, y al salir de ese lugar miré hacia atrás y arriba, pensando que ella tenía razón, ya él había volado alto. Y ahí me percaté de las dos chimeneas que sobresalían del techo de la casa funeraria. Ambas echaban un humo denso y blancuzco. Sentí un escalofrío acompañado de una clara sensación de tranquilidad por la decisión tomada.

Quedamos resignadas a honrar la memoria de nuestro padre con una simple cena íntima en casa de mi hermana que contaría solo con la presencia de ella, mi cuñado, sobrinos, prima, y mi hijo Daniel.

—Le dije a Daniel que partiera de Maryland para estar acá el sábado y así poder estar juntos los cuatro nietos —le anuncié a mi hermana—. También que trajera una camisa y un pantalón negro para que todos estemos vestidos de negro. No por luto, sino porque ese era el color favorito de pipo.

—Kristian se puede poner la camisa y el pantalón que están en casa de papi sin estrenar —contestó mi hermana, y tras un suspiro, continuó —. Él había guardado ese conjunto para una ocasión especial y nunca llegó a ponérselo. ¡Qué ironía! —concluyó.

Kristian es mi sobrino mayor, el primogénito de nuestra descendencia nacida en los Estados Unidos. Mientras revisábamos las fotografías de nuestro padre para hacer un despliegue de su vida que expondríamos durante la cena, encontramos fotos de su infancia y juventud en Cuba, que nunca antes había visto. Y nos dimos cuenta, por primera vez, del gran parecido de Kristian con su abuelo. De hecho, se puede decir, que el nieto, ahora en sus veintisiete años, era un clon del abuelo a esa edad. Mi hermana y yo nos quedamos atónitas al percatarnos del gran parecido, y no solo físico, sino también en maneras y personalidad. Nuestro padre tenía un temperamento callado, observador, un aire de misterio, no siempre se sabía lo que pensaba. Mi sobrino es igual.

—¿Le servirá la ropa del abuelo? —pregunté.

—Creo que sí. Son de la misma talla, 32" de cintura del pantalón y la camisa *small* —observó mi hermana.

En ese momento reflexioné en lo cierta que era la posibilidad de que a Kristian le sirviera la ropa, ya que nuestro padre se orgullecía al decir que toda su vida había tenido el mismo peso. "Pese al tiempo me mantengo igual; no engordo ni una libra y nunca seré un viejo barrigón" —me decía.

—Entonces que se vista con la camisa y el pantalón que el abuelo nunca llegó a ponerse —concluí.

Para la cena, ya estaba decidido que el menú sería vegetariano, incorporando un *fetuccini* Alfredo, que era el plato favorito de nuestro padre. Además, haríamos una *fondue* en honor a que en la década de los ochenta a nuestro padre le gustaba mucho compartir veladas con nosotras y nuestros amigos empapando trocitos de pan francés en pincho dentro de queso suizo derretido. Por aquel entonces había comprado un equipo de *fondue* en una tienda que estaba de moda en Miami por los artículos importados de Europa que vendía. También había comprado un libro de recetas con un soporte de libros, y acostumbraba a tener el libro parado al lado de la *fondue* a modo de accesorio decorativo. Hacía unos años que ya no disfrutaba de ese rito y le había obsequiado la *fondue* a mi hermana, quien no lo había usado y la mantenía como decoración.

—Compraremos mucho queso, *baguette* y vino blanco. El vino tiene que ser Pouilly-Fuissé —exclamé.

Mi hermana no consume alcohol y me miró con un signo de interrogación reflejado en su rostro.

—Ese es el vino que le gustaba para las celebraciones especiales —le tuve que explicar. —Vamos a usar las copas de vino que él tenía, las de cristal fino que dicen debajo que fueron hechas en Checoslovaquia.

—Mejor hagamos la *fondu*e de chocolate con fruta y *pound cake* —recomendó mi hermana—, a los muchachos les va a gustar más.

Abastecimos en abundancia, como si la celebración fuese a contar con cien personas. Y decidimos que le daríamos la tarea de preparar la cena a nuestros hijos. De modo que ellos pudieran tener algo de responsabilidad, de que colaboraran en nuestro momento de pérdida, y, a la vez, tuvieran un espacio para compenetrarse y estrechar su vínculo fraternal.

Para adornar un poco la celebración, compramos dos docenas de rosas rojas de tallo largo, las favoritas de nuestro padre.

—Tú pagas por una docena de las flores y yo por la otra —le dije a mi hermana —; así le hubiera gustado a él.

Ella asintió con la cabeza. A sabiendas de que él, cuando nos hacía regalos, siempre compraba dos cosas iguales y nos daba una a cada una.

Mi sobrina Andrea cortaba los quesos y los colocaba en una bandeja mientras regañaba a Julián, el más joven de mis sobrinos, que comenzaba a picar de los aperitivos untando un poco de queso *brie* en una galletica, mientras ella le insistía en que esperase a que todo estuviera listo. Mi hijo Daniel hacía gran estruendo abriendo y cerrando las puertas de los gabinetes de la cocina, buscando ollas para hervir la pasta. Mi prima Loipa y su hija Marian debatían si debiésemos abrir primero una botella de champán o una de vino blanco para hacer un brindis. Mi cuñado se reía a carcajadas escuchando el intercambio verbal de mi prima y su hija que tenía la típica picardía que ellas comparten al hablarse entre sí. Y mi hermana se enfrascaba en el corte de las frutas para la *fondue*, mientras les daba instrucciones a todos y servía de árbitro en todas las conversaciones.

En medio de un desmesurado revuelo en la cocina, llegó Kristian. Y su entrada produjo un silencio absoluto.

Kristian se había acomodado el cabello hacia atrás con gomina, en contraste con su estilo usual de portar el pelo hacia un lado, algo despeinado. Los pantalones y la camisa negra le habían quedado justo a la medida y, para la ocasión, había estirado la camisa dentro del pantalón y se había puesto un cinturón, como solía hacer nuestro padre. Portaba zapatos negros de vestir, no zapatillas deportivas, sus preferidas para el diario cotidiano. Y sonreía de oreja a oreja, como si supiera la reacción que iba a provocar en todos nosotros.

—Llegó abuelo Manolo a la fiesta —exclamó chistosamente su hermano, Julián.

Todos nos reímos. Era cierto, Kristian se había transformado, y su imagen era sorprendentemente parecida a la de su abuelo; era ver a nuestro padre en plena juventud.

Copa en mano, nos paramos frente al despliegue de fotografías de nuestro padre, que habíamos colocado al lado de una de las pinturas que le regaló a mi hermana.

—Aquí lo pueden ver de niño —le explicaba yo a sus nietos—. Mírenlo en esta foto cuando hizo su primer vuelo solo en una zona rural de Santiago de Cuba, donde nació. Ésta era su foto favorita de él mismo. Esa fue una época de su vida que disfrutó mucho, tendría unos dieciocho años y volaba sobre los campos de cultivo en avionetas, fumigando los sembrados. Me contaba que a veces volaba hacia la ciudad y hacía piruetas en el aire y malabarismo pasando por debajo de los cables del tendido eléctrico cerca de un colegio al que asistía una enamorada que tenía, para que ella y sus amigas lo vieran. Estas otras fotos son de la época de casado con vuestra abuela, y éstas, de la década de los 70, cuando vivió en España —les contaba.

Así los llevé por una línea cronológica de lo que fueron las ocho décadas de vida de nuestro padre.

—Ustedes pudieron nacer aquí porque él se arriesgó, dejó su patria, y luego nos trajo a Loretta y a mí. —les recordé.

Al concluir, hicimos un brindis, dándole gracias por cumplir su promesa de sacarnos de Cuba, y le pedimos a Dios que lo mantuviese eternamente en su infinita gloria.

Antes de sentarnos a la mesa le entregamos un sobre a cada uno de nuestros hijos. Cada sobre contenía fotografías de ellos con su abuelo. Fotos que nosotras habíamos encontrado en la casa de nuestro padre y que les habíamos regalado a través de los años. Y agregamos a cada uno una copia de la foto de nuestro padre joven, tras su primer vuelo solo.

Nuestros hijos comenzaron a sacar las fotos y empezaron a reírse y burlarse entre sí, choteando sobre como lucían en su infancia.

Mientras hacían sus observaciones sobre cada una de las fotografías, saqué la reproductora de casetes y ese casete de la primera llamada de nuestro padre a Cuba en junio de 1978, tras ocho años de separación familiar. Les conté como habíamos hallado esa cinta de audio y el hecho de que no sabíamos que existía.

—¿Qué es ese aparato? —interrumpió Julián, el más joven de los cuatro nietos, refiriéndose a la reproductora de casetes.

Hubo estruendo de risotadas ante la obvia brecha generacional.

—Un *cassette player*, haz Google —le contestó su hermana Andrea.

—Y, de paso, también averigua qué es un *cassette* —le recomendé de inmediato, consciente de lo mucho que ha adelantado la tecnología en los últimos cuarenta años.

Con gran delicadeza, puse el casete dentro del reproductor y dejé correr la cinta. El sonido de las voces quebrantadas que salían de aquel aparato logró el silencio de todos.

—¡Hola mi reina! ¿Cómo estás? Ya eres casi una mujer, —se escuchó a nuestro padre decir.

—Claro —fue mi respuesta.

—¡Qué bien!, ya casi eres una mujer —exclamó él, con una risa.

—¿Cómo?, habla un poquito alto conmigo, porque yo estoy sorda de los dos oídos y no oigo casi —le dije.

—¿Todavía tienes el problema de los oídos?

—Va mejorando, pero me he quedado con poca audición, casi sorda.

—Y, ¿qué se sabe sobre eso?

—Dicen que es una perforación del tímpano, producto de una infección que no controlaron bien con el tratamiento.

—Bueno, Lorna, ¿todavía te acuerdas de mí? ¿Te acuerdas de cuando yo estaba allá y todo?

—Si. Me acuerdo.

—Caray, que buena memoria tienes porque eras bien chiquitica.

—¿Qué? No te oigo.

Este diálogo causó risotadas. Quedó comprobado que mi sordera era de antaño.

—Tengo unas ganas de salir contigo. Tengo mucho deseo de que vengan mis hijas para pasear con ellas y andar por donde quiera. Siempre me estoy acordando de cuando iba contigo a comprar el pan, que te llevaba al zoológico y te tomaba fotografías. Siempre tengo muchas ganas de estar otra vez contigo.

—Igual que yo, papá.

Miré a mi sobrino Kristian, sentado en la cabecera de la mesa, en el lado opuesto a mi cuñado, y me di cuenta de que estaba sentado muy derecho, cabizbajo, con los codos reposando sobre los brazos de la silla y las manos relajadas, palma abajo, descansando sobre los muslos. Esta forma de sentarse era idéntica a la de nuestro padre a la hora de cenar, esperando a que todos se incorporaran a la mesa para poder tomar el primer bocado.

Resalté tal semejanza e indiqué que era hora de comer. Llamamos a nuestra madre y padrastro vía teleconferencia para que ellos se integraran y fueran participantes de la cena de forma virtual, ya que se encontraban en Maryland y, por lo de COVID-19, habíamos decidido que era prudente que permanecieran en su casa y no viajaran a Miami.

La velada concluyó con la *fondue* de chocolate. Al abrir el libro de recetas encontramos varias fotos de nuestro padre, mi hermana y yo, que databan de más de treinta años, durante una noche de *fondue*. En un par de las fotos mi padre y yo sumergíamos pinchos en la cazuela. Verlas me causó nostalgia y deseos de llorar, lo que hizo que mi sobrino Kristian se levantara de su silla, y se sentara a mi lado.

—Vamos a recrear las fotos —dijo.

Agarró un pincho de *fondue* y comenzó a imitar las poses de su abuelo en aquellas fotos.

—Denme el teléfono móvil que tenga la mejor cámara, yo les tomo las fotos —propuso rápidamente mi sobrina Andrea.

El resto de la cena en honor a nuestro padre transcurrió con todos entretenidos en el proyecto de dejar plasmada la recreación de aquellas viejas fotos.

Y quedó claro que la historia sí se puede repetir.

Habían pasado un par de semanas desde mi regreso a Maryland cuando decidí, un sábado en la mañana, reencontrarme con mi padre.

Abrir la maleta que contenía los diarios, el manuscrito, algunos de los casetes y su abrigo, no fue nada fácil.

El solo comenzar a abrir la cremallera de la maleta me hizo romper en llanto. En un acto, no sé si de auto tortura o de homenaje a él, prendí el incienso que a él le gustaba y puse música del cantante español Raphael, su favorito. Colgué su abrigo en el closet de los abrigos, junto a los míos y de mi hijo, como lo hacía cuando nos visitaba. Me di cuenta de que aquel baúl que había comprado el día de su muerte en la tienda de antigüedades estaba vacío y arrinconado en la sala de la casa. Era como si el universo hubiera sabido que las pertenencias de mi padre iban a guardarse ahí. Lo organicé todo meticulosamente dentro del baúl, sin fuerza ni valor alguno para leer ni un solo párrafo de todas esas páginas de escritura cursiva.

El mes de octubre siempre fue muy especial para mi padre y para mí, pues ambos cumplimos años con solo unos días de diferencia. Aparte, el otoño siempre fue nuestra estación preferida. El primero de octubre abrí el baúl y dije en voz alta: "Pipo, me voy a pasar este mes leyendo tus diarios, voy a terminar tu libro, y para tu cumpleaños voy a tener transcritas todas estas páginas".

Y así, no más, comencé a retirarme a una cabaña que tengo en el patio de mi casa.

La cabaña es un cobertizo para herramientas bastante amplio que había estado abandonado por casi dos décadas. En el verano del 2019 me dediqué a deshacerme de trastes, a limpiarlo, pintarlo y convertirlo en un *She Shed*. La cabaña me quedó acogedora y ha sido elogiada por muchos de mis amigos. La convertí en un espacio femenino con muebles antiguos reutilizados donde, me decía que: "algún día me sentaría a escribir un libro".

Fue una rutina estricta. De lunes a viernes, después de cumplir con mis horas de trabajo, ingresaba en la cabaña y me daba la medianoche leyendo, más bien escuchando, a mi padre. Durante los fines de semana amanecía en la cabaña y realizaba un maratón de lectura y transcripción.

Fueron 30 días consecutivos inmersa en el mundo personal de mi padre. Un mundo que yo no conocía. Un espacio de su ser al cual yo no había sido invitada hasta ese momento. Aislada en esa cabaña experimenté profundo dolor, perdí la cuenta de cuantas veces lloré, de cuantas reí, y de cuantas sentí ira, celos y compasión. Escuché su voz contándome su historia, revelándome el origen, obsesión y motivo detrás de su obra de los 21 cuadros. Por instantes, era como tener a un hombre desconocido, joven y repleto de delirio, hablándome de sus momentos de ilusión, sus decepciones, su intolerancia y su lucha interna por hallar el significado de su propia existencia. Por momentos, era mi padre el que me hablaba, era su voz la que repetía cosas que ya yo había escuchado.

Sentada detrás del escritorio en la cabaña, y balanceándome en la mecedora que había comprado el día de su muerte, vi transcurrir treinta tardes, vi caer la lluvia y vi caer todas las hojas de un gran árbol en el fondo de mi casa. Vi muchas veces la imagen de mi padre, ya viejo y cansado, rastrillando esas hojas. Pero, sobre todo, vi al hombre. Encontré que ese hombre, en ocasiones, era absolutista, dictatorial, intolerante, controlador y machista. Pero comprendí, por encima de todo, que había sido un ser exquisito. Un ser que había convertido en arte su propia vida. Un ser que había amado y vivido a su manera. Y que, sobre todas las cosas, nos había amado a mi hermana y a mí profundamente.

¡Pipo, regalo de tu cumpleaños!, fue la dedicatoria una vez terminada e impresa la transcripción del manuscrito y diarios. Eran las 8:45 de la noche de la víspera de su cumpleaños. Me retiré de nuevo a la cabaña para esperar que diera la medianoche. Cuando el reloj marcó las doce, allí, sentada en esa mecedora, abrí una botella de Pouilly-Fuissé, alcé una copa remedando un brindis y le dije, en medio del llanto:

"Felicidades viejo, te quiero. Acá, tu Sinfonía Blanca".

MIS MUSAS

La fuente de inspiración

Me pasé toda la tarde frente al caballete pintando a una joven bella, y no me di cuenta de que ya eran pasadas las nueve de la noche. Mi perrito Tokky estaba desesperado por salir desde hacía mucho rato sin que su amo se diera cuenta.

En cuanto salimos enfiló hacia Ocean Drive y la Calle Cinco, donde hay un parquecito frente a la playa que es su lugar favorito para los paseos nocturnos.

Después de estar paseando largo rato, decidí regresar tomando por la acera de Ocean Drive, donde hay varios cafés y restaurantes. En dirección opuesta venía una señora acompañada de una joven muy hermosa. La joven, al ver a Tokky, se le acercó, se agachó y comenzó a acariciar su cabecita y a decirle frases cariñosas.

La señora y yo contemplamos aquel tierno romance sin decir palabra.

Al rato ella se incorporó y comenzamos una conversación acerca de Tokky. Me dijo que era modelo -de lo que no me cabía la menor duda-, aunque para mí, más que modelo, me pareció un ángel caído del cielo.

Le dije que era pintor y que me gustaría pintarla; le agradó la idea y le di mi tarjeta.

Nunca me imaginé que aquella criatura me iba a cambiar la vida y que se convertiría en la musa inspiradora de mi pintura.

Al otro día, a las cinco de la tarde, Shannon y la señora (que resultó ser su mamá) estaban en mi estudio ultimando los detalles para comenzar a pintarla.

Me dijo que sería mi modelo con la condición de que nunca le pidiera posar desnuda. Le contesté que la condición me gustaba mucho.

El día en que la conocí había visto un vestido blanco en una tienda y había pensado en lo bien que se vería en una pintura. Un par de días más tarde, Shannon estaba posando frente a mí con el vestido blanco que yo había visto en esa boutique de la calle Española Way, en South Beach.

Antes de comenzar la sesión de pintura ella pasó a mi habitación para cambiarse de ropa, ya que había venido con unos jeans. Cuando salió con el vestido puesto me deslumbró porque parecía que se había mandado a hacer para ella.

Comenzamos la sesión de pintura. Ante mí tenía el caballete con un lienzo en blanco. A mi derecha, una mesa con los tubos de óleo, los pinceles y demás materiales. A mi izquierda estaba ella, sentada descalza sobre un cajón de madera cubierto con una tela. Me miraba fijamente.

Era una tarde de octubre preciosa. Estuvimos trabajando un rato y después le tomé algunas fotografías para poder seguir pintando en los días en que ella no pudiera posar.

Cuando habían pasado un par de horas, recibí la visita de un amigo francés, algo charlatán, dueño de un restaurante. Le gustaba mucho el arte y me había comprado algunos cuadros. Yo visitaba su restaurante de vez en cuando y él, mi estudio.

La visita inesperada me hizo interrumpir mi obra porque no me gustaba pintar con otras personas en el estudio, a no ser mi modelo.

Los presenté y se inició una conversación. Se habló de diferentes temas… hasta que llegó lo que daría al traste con mi obra: mi amigo le dijo que iba a producir una película y que le gustaría que ella participara como actriz.

Yo sabía que era mentira y que solo lo decía para establecer algún tipo de contacto, pero como ella mostraba entusiasmo, no quise intervenir para poder concluir con qué clase de mujer estaba tratando.

Ya me había defraudado con algunas chicas que habían parecido ángeles, y cuya ambición las había convertido en diablillos.

—Quiero ver tu cuerpo desnudo para ver si calificas para la película —le dijo.

Sin titubear, ella volvió a entrar a mi habitación.

Me quedé boquiabierto.

Me dije que había sido ingenuo y tonto al tratar con tanto respeto a alguien que se podía desnudar tan fácilmente ante una persona que acababa de conocer, sobre todo porque ella había estipulado como condición indiscutible de nuestro acuerdo que no posaría desnuda para mí.

Pensé, profundamente decepcionado, que el dinero lo compra todo.

Pero en ese momento ella abrió la puerta de la habitación, vestida de nuevo con sus jeans y con su mochila al hombro. Fue hacia nosotros, se despidió, salió, tomó su carro... y se marchó para siempre.

Yo me quedé con solo unos cuantos trazos en el lienzo y con sus lentes de sol, que dejó olvidados.

Han pasado muchos años desde aquella tarde de 1994 y no la he vuelto a ver. Revelé las fotografías que le tomé y después de diez años decidí continuar con el cuadro, por si algún día me encontraba de nuevo con ella.

Me quedé sin la modelo angelical, pero con un gozo inmenso al comprobar que aún existen seres maravillosos cuyos valores se imponen sobre el dinero y las promesas de fama.

Esa joven, en unas pocas horas, me hizo descubrir cuál sería la naturaleza de mi verdadera pintura, la propia. Me hizo saber que solo pintando a una mujer muy especial me sentiría verdaderamente satisfecho con mi obra. Y así fue como comencé a formar un proyecto en mi imaginación.

Visualicé a una joven de unos veinte años, delgada, de piel bien blanca, ojos negros, cabello negro, de una belleza extraña, que tuviera un rostro limpio, puro, sereno; pero, sobre todo, que tuviera un alma que armonizara con su imagen; fina, delicada, y femenina. Concluí que debía ser una violinista.

Poco a poco le fui dando forma a mi proyecto. Serían veintiuno los cuadros. En algunos la violinista estaría caminando descalza por la playa; en otros, recostada en un sofá, pensativa; y en otros más, en un bosque. Siempre con su vestido blanco y un violín.

Sería mi obra maestra, con la que no pretendería ni fama, ni fortuna. Disfrutaría de la jornada sin pensar en el arribo. No sería una carrera para llegar a la meta, sino una sinfonía para disfrutar que no prevé un final.

De tanto darles vueltas a las ideas en mi cabeza surgió la violinista de mi Sinfonía Blanca.

El primer paso fue el más difícil: encontrar la fuente de inspiración, la musa que ya tenía en mi imaginación.

La musa eterna

Pasaron cinco años de haber conocido a Shannon y seguía sin encontrar a la modelo ideal. No tenía prisa, sabía que existía y que algún día me encontraría con ella. Una infinidad de chicas desfilaron por mi estudio. Unas tenían el aspecto físico, pero no el alma; otras el alma, pero no el aspecto físico; y otras, ni el aspecto físico, ni el alma.

Mientras tanto, solo pintaba encargos de Jacques y de mis clientes. Jacques era un pintor francés conocido en su país por ser un gran falsificador de obras maestras de la pintura universal. En pocas palabras, su negocio era hacer réplicas para gente que tenía suficiente dinero para comisionar este tipo de trabajo, pero no para adquirir las obras originales. Algunos clientes encargaban retratos al estilo de pintores clásicos. Conocí a Jacques a través de otro pintor. Para aquel entonces Jacques era propietario de Jacques Harvey Studio y llevaba unos 27 años trabajando con un equipo de pintores que le servía de apoyo para cumplir con encargos de decoradores y diseñadores de interiores. Jacques siempre presumía de su lista de coleccionistas privados, que, según él, incluían, desde Lucille Ball y Aristóteles Onassis, hasta Frank Sinatra. También le gustaba señalar que era un falsificador de arte mundialmente famoso por su capacidad para reproducir y recrear cualquier estilo o técnica, en cualquier tamaño de pintura. En realidad, era muy mal pintor, pero contaba con otros artistas para que le hicieran el trabajo. Eso sí, era muy buen mercader. Y yo me convertí en su pintor favorito en Miami.

Una tarde fui a su estudio de South Beach para entregarle un cuadro que le había terminado. Al salir, entré en una tienda de ropa cercana en busca de la marca de calzoncillos 2(X)ist que uso hace muchos años. Me dirigí directamente al departamento de ropa interior de caballeros. Rebusqué en la mercancía, pero no tenían la marca que buscaba. Se me acercó una joven y me preguntó, en inglés, si podía ayudarme en algo. Sin mirarla, le contesté que no y ella se marchó al otro lado de la tienda. Ya me retiraba cuando dirigí la mirada hacia donde ella estaba.

Me quedé pasmado: aquella criatura era de una palidez transparente, tenía unos ojazos negros inmensos, cabello negro como azabache, era delgadita, delicada, y tenía una expresión inefable en su rostro. Volví al estante de la ropa interior, tomé el primero que encontré y me dirigí a la caja para pagar. Ella se acercó y la pude observar más de cerca.

Allí estaba mi violinista. Pude ver de cerca la transparencia de la piel de su rostro. Cuando terminó de cobrarme y poner la mercancía en una bolsa, le dije, con gran entusiasmo:

—Me gustaría pintarla. Usted sería una violinista vestida de blanco que camina descalza por la playa.

Noté que se le iluminaban los ojos. Se demoró unos segundos antes de expresarse en un español que tenía la musicalidad de su portugués natal.

—¿Que ofrece usted? —preguntó, con escepticismo.

Su voz me produjo emoción y le dije:

—Trescientos dólares por una fotografía y veinticinco dólares la hora por posar en vivo.

Soltó una sonrisa entre dientes.

—¿Tiene una tarjeta? Porque yo tengo que consultarlo con mi esposo.

No tenía. Le di mi número de teléfono y ella lo anotó en un papelito.

—Yo lo llamaré —asintió ella.

—Yo me llamo Manuel, ¿y tú?

—Ana Carina. —dijo, suavemente.

Me gustó mucho su nombre.

Esa misma noche me llamó y me dijo que estaba interesada en la pintura y deseaba pasar por mi estudio. Quedamos en que vendría al día siguiente.

El domingo 14 de febrero de 1999 a las diez de la mañana tenía frente a mí, sentada en un sofá, a la violinista de mi Sinfonía Blanca.

Le mostré mis pinturas y le expliqué ampliamente la idea de mi proyecto. Quedó fascinada. Había venido con su esposo y los invité a tomar algo. Les ofrecí varias bebidas: ella quiso una copita de licor de chocolate blanco, él no quiso beber nada, y yo la acompañé con otra copita de licor.

Conversamos largo rato, entusiasmándonos cada vez más por el proyecto. Salimos al jardín y mientras tomábamos algunas fotografías, descorchamos una botella de champán para celebrar aquel acontecimiento tan especial. Ya cayendo la tarde se marcharon y yo me quedé un buen rato sentado con los ojos cerrados visualizando a mi violinista. Veía un cuadro inmenso con su imagen en su vestido blanco. Estaba feliz, mi violinista era más bella de lo que había imaginado.

A la semana falleció mi perrito Tokky, que ya tenía casi veinte años. Ese perrito era como un hijo. Vino a mi casa cuando mi hija Loretta quiso una mascota. Tenía muy poco tiempo de nacido y era muy lindo. Mis dos hijas crecieron, se casaron, y se fueron. Él me acompañó en todo momento.

Decidí que fuera cremado, y conservo sus cenizas para que, cuando me muera, las unan a las mías y las arrojen juntas al río Sena en París.

Yo estaba preparado para su muerte, pero nunca pensé que me iba a afectar tanto, hasta el punto en que, cuando Carina me llamó por teléfono a los dos días, ni siquiera sabía quién era.

—Manuel, soy yo, Carina.

—¿Carina?, ¿Carina? —dije, un poco confundido.

—Sí, Carina, ¿no te acuerdas de mí?

—¡Ah! Sí, perdona, no reconocí tu voz.

Le conté del fallecimiento de mi perrito y conversamos sobre el proyecto. Le dije que había visto un vestido apropiado en una *boutique* de Coral Gables. Al sábado siguiente ella y su esposo vinieron para que ella se lo fuera a probar. No me satisfizo mucho, por lo que decidí mandarle a hacer un vestido especialmente para las pinturas. Llamé a una amiga para que me recomendara una costurera y me puse en contacto con una señora que cosía ropa de mujer por encargo.

Al mes siguiente fui con Carina y su esposo al taller de la señora. Yo le llevé una fotografía de Shannon donde estaba con el vestido blanco comprado en la tienda de South Beach. Le expliqué que lo quería igual al de la fotografía. Le tomó las medidas a Carina y nos indicó una tienda donde podríamos encontrar la tela igual a la del vestido de Shannon. Unos días más tarde le llevé la tela y luego Carina regresó con su esposo para probarse el vestido. Cuando estuvo listo, fui a recoger el vestido blanco de mi violinista.

Desde que conocí a Carina parecía que todo se confabulaba para interrumpir nuestro proyecto. Pero ya estaba decidido que ella sería mi musa eterna, que yo la pintaría justo como la tenía visualizada.

Tuve una cantidad inmensa de encargos. Jacques se iba para Saint Tropez en el mes de septiembre y necesitaba llevarse una serie de cuadros. Tres obras originales que eran retratos, uno del cantante Johnny Halliday al estilo de Andy Warhol; un retrato de un matrimonio francés al estilo de Fernando Botero, y otro, un tríptico de un matrimonio joven con su Ferrari. Más réplicas de varios cuadros: Le Maître d'École, de René Magritte, Pepito, de Francisco de Goya, La Boda, de Marc Chagall, Violín, de Giorgio de Chirico, La Rousse, de Keen van Dongen, otro de Marie Laurencin, y un cuadro de 72"x 72" de Tamara de Lempicka.

Por otra parte, yo tenía un cliente que era embajador de Nicaragua en Washington, D.C., que me encargó un retrato de su hija (que en esa época tendría unos 12 años) con el compromiso de que, después de que la pintara, tendría que pintar a su hijo y a su esposa.

Y apareció otro buen cliente, un señor que tenía un negocio de piezas de repuesto para aviones de líneas aéreas. Había comprado un edificio nuevo cerca del Aeropuerto Internacional de Miami y quería decorar las oficinas con cuadros de aviones antiguos. Le hice un cuadro grande con uno de los primeros aviones de la época de los hermanos Wright para colocarlo en el vestíbulo del edificio. Y otros más pequeños para diferentes salones: un trimotor Ford, un Douglas DC-3, un Douglas DC-4 y un Constellation.

Todas esas obras me daban de comer, pero no me alimentaban el espíritu.

Mi martirio

Todo se complicó más porque reapareció Liana, mi musa martirizadora. Un idilio que había comenzado a finales de los años ochenta y del cual yo no me despojaba. Y todo se complica porque yo seguía enamorado de ella.

El reencuentro lo celebramos con una cena en mi casa en la que yo serví de *chef*. Vino con su hermana, que ya era toda una señorita muy linda. Liana estaba más bella y sensual que nunca, y retomamos nuestras relaciones y las sesiones de pintura que habíamos mantenido durante diez años.

Una tarde vino a mi estudio para comenzar un cuadro del que ya habíamos hablado durante varios meses. Ella estaría acostada boca abajo sobre una mesa bajita, con el busto fuera de la mesa, los brazos apoyados en el piso y un libro. La idea era mostrar a una modelo leyendo después de una sesión de pintura, en el estudio del pintor.

Liana se quitó los pantalones y se quedó con una camiseta corta que llegaba solo hasta su cintura y su ropa interior. Las bragas eran rojas y tenían una manchita blanca en una nalga. Me contó que la manchita era de haber estado pintando una pared en su casa y haberle caído pintura. Me pidió que le pintara la manchita de rojo para que no se le notara.

Busqué un tubo de óleo del tono de rojo más parecido y un pincel bien fino. Ella se recostó a la pared, me arrodillé detrás y, con mucho cuidado le coloreé la manchita blanca. Me pareció un sueño tener a tan pocos centímetros de mi cara a aquellas nalgas que eran mi obsesión.

Se suponía que en el cuadro ella apareciera totalmente desnuda, copiando la idea de una lámina que su esposo había sacado del Internet, pero ella y yo decidimos que era más interesante pintarla con un short de mezclilla con solo el busto al aire. Se puso el short y llegó el momento de quitarse la camiseta. Se le notaba muy nerviosa. Era la primera vez que se desnudaba abiertamente para posar para mí. Finalmente, se la quitó y dejó al descubierto sus dos gardenias.

—Por favor, ponga más fuerte el aire acondicionado porque me falta la respiración, estoy nerviosa —dijo, en tono burlón.

—A mí me pasa lo mismo —le contesté para tranquilizarla.

Durante la sesión conversamos de distintas cosas, pero lo que más me llamó la atención fue que me dijo que, estando en la playa, su esposo le había pedido que se quitara el sostenedor del traje de baño.

—¿Y usted que hizo? —le pregunté.

—No, no lo hice —contestó.

Sabía que estaba mintiendo y fingí que le creía. Pero ella, muy rápida en leerme, se dio cuenta de que el asunto me molestaba y selló el tema.

Al otro día regresó bien temprano y fuimos a desayunar a una pastelería. Al terminar, regresamos a mi estudio y continuamos la pintura. Se despojó de sus ropas con rapidez.

—Ves, ya se te hace más fácil desnudarte —le dije, con confianza.

Pero evidentemente se le notaba nerviosa.

Había conocido a Liana una tarde cuando, al llegar a mi estudio, vi a una joven muy guapa asomada a la ventana mirando mis pinturas a través del cristal. Era muy alta, de piel canela, ojos oscuros y un cabello negro largo que le llegaba a la cintura.

—Hola —le dije, mientras metía la llave en la puerta.

—Hola. Usted disculpe, estaba solamente mirando los cuadros.

—¿Te gustan?

—Sí, mucho.

—Pues pasa para que los veas mejor.

La hice pasar y le mostré todas mis pinturas.

—Algo que me llama la atención es que usted siempre pinta a la misma mujer.

—Sí, me gusta dedicarme a una sola modelo —le dije, como para entusiasmarla a soñar con convertirse en mi modelo.

En esa época yo pintaba solamente a una amiga de mi hija Lorna, compañera de escuela, que frecuentaba nuestra casa.

Liana vestía unos jeans, una camisa muy ajustada a su piel y un sweater atado a la cintura; no me imaginaba que debajo de ese sweater se ocultaba el derrier más fascinante que he visto en mi vida.

Me dijo que vivía a tres cuadras de mi casa, y al día siguiente regresó y empezó a posar para mí. Entablamos una buena amistad y se convirtió en visita constante de mi estudio.

Un día me encontré una nota estrujada detrás del sofá que decía: "Manuel, ésta es la experiencia más linda que he tenido en mi vida".

A pesar de que Liana era muy joven y yo muy mayor, me enamoré de ella sin darme cuenta.

Una noche se apareció con un señor. Según ella, amigo de la familia. No me gustó su aspecto, algo baboso.

Los dos estaban sentados juntos en el sofá y me molestaba mucho ver que él de vez en cuando le ponía la mano en el muslo, y ella lo aceptaba tan tranquila. Cuando se marcharon la llamé a su casa y contestó su madre, a quien le dije que la llamaba para decirle que me marchaba a España por un tiempo y que, por el momento, no podíamos continuar con las sesiones de pintura.

Pasé muchos meses sin saber de Liana, hasta que una tarde, cuando regresaba de un paseo con mi perrito, me encontré un papel pegado en el cristal de la ventana que decía: "Hola Manuel", y firmaba, Liana.

Un rato más tarde se apareció y comenzó otra luna de miel.

Al año siguiente puse mi estudio-galería en Lincoln Road, en South Beach. En una ocasión llamé a Liana por teléfono y me salió un joven que me dijo que Liana se había casado y que por favor no la llamara más. "¡Ah! No sabía, no se preocupe, no volveré a llamar" —le contesté.

Esa misma noche me llamó Liana y la felicité por su matrimonio. Me dijo que ella no se había casado, que era una equivocación. Yo sabía que mentía, pues ya me había dado cuenta de que tenía gran capacidad para tergiversar las historias. A la noche siguiente, estaba yo con una señora que me había encargado un retrato, cuando llegó Liana con un joven, que según me dijo, era un pariente que había venido a visitarla de su país.

Volvió a justificarse, dijo que quería continuar con nuestra relación y, como tonto, acepté una vez más. Ella hacía eso con frecuencia y yo, hipnotizado por sus encantos, caía en el juego.

Una mañana vino a posar, y mientras se desnudaba me dijo, mirándome fijamente a los ojos:

—Sí, me casé, y estoy esperando un hijo. No te lo quería decir por miedo a perderte. Eres algo muy especial en mi vida.

Solo atiné a responder:

—Todo sigue igual.

Pero poco a poco nos fuimos distanciando. Ella comenzó a trabajar de modelo en un programa de televisión y a posar para un fotógrafo conocido en Miami.

Y en esa separación me enredé en amoríos con Diana, una mujer muy complicada, que también era casada. La apodé mi musa persistente, ya que cuando se le antojaba algo, no paraba hasta lograrlo.

Diana visitaba mi estudio todos los días, y a pesar de que ella tenía 29 y yo 58, la relación fue agarrando fuerza hasta que ella terminó expresando que quería separarse de su esposo para poder estar conmigo. La perspectiva me asustó tanto, que decidí enfriar un poco la relación. Empaqué mis cosas, llamé al Chino para que me ayudara con la mudanza y me trasladé a otro estudio en South Beach.

Era un estudio precioso, un apartamento en un piso bajo, todo de cristal, estilo Art Deco, que daba a la calle. Desde afuera parecía una vidriera de tienda. Todas las noches los transeúntes se paraban en la acera para ver mis cuadros iluminados.

Así desfilaron muchas modelos por el estudio. Se paraban a mirar a través de la puerta de cristal, y si me interesaba alguna, la invitaba a pasar. Mi perrito era el único testigo de lo que ocurría allí. Liana venía a veces, pero para mí ya no era lo mismo, aunque seguía amándola.

En este vaivén con Liana pasaron nueve años. Me volví a mudar cuando sentí que la herida emocional que ella me había causado estaba sanando. Y justo cuando ya tenía una nueva ilusión con mi violinista y mi proyecto, apareció de nuevo. Esta vez no se cansaba de visitarme y expresarme el afecto y cariño que sentía por mí. Para entonces ya tenía tres hijos.

Una tarde, estando en casa de su madre, mientras arrullaba a su hijo meciéndolo en un balancín, me confesó:

—Me casé solamente para salir de mi casa. Mi madre tomaba mucho y yo quería salir de ese ambiente.

—Qué triste —le dije.

—Mi esposo es un buen hombre, pero no me casé por amor.

—Que absurdo —fue mi único comentario.

En la noche me llevó en su carro a mi casa, y en el trayecto me contó que su esposo la había autorizado para que fuera con sus amigas a uno de esos bares donde los hombres bailan semidesnudos, mientras que él iba con sus amigos a ver mujeres que hacían lo mismo. Todo eso me pareció horrible. Pero lo cierto es que no sabía si esa conversación era verdadera, o era otro de sus intentos de manipular mis emociones.

Yo desahogaba mis frustraciones con Liana con un amigo que era mi paño de lágrimas. Nos reuníamos seguido en un café-bar y nos pasábamos la noche hablando de ella. Me aconsejaba: "Ponte un corazón de plástico, Manuel, porque ella siempre te lo tiene partido".

Pese a que Liana y yo nos veíamos a menudo, nunca le había contado sobre mi proyecto de la Sinfonía Blanca. Un día fuimos a revelar unas fotografías y a ella le llamó la atención una ropa interior que había en una tienda. Entramos y miramos algunas prendas. Era la misma tienda donde Carina se había probado el vestido blanco. La dueña preguntó:

—¿Y su modelo, la *petite* de Brasil? ¿Por fin encontraron el vestido blanco para el cuadro de la violinista?

—Tuvimos que mandarlo a hacer expresamente para el cuadro —le dije.

Liana hizo una mueca ante mi comentario.

—Hace calor aquí —dijo Liana.

Sin otra cosa que decir nos marchamos rápidamente.

Durante el camino de regreso no nos dirigimos la palabra. Cuando llegamos a mi casa ella me preguntó, fingiéndose boba:

—¿Quién es la tal "*petite*"?

—Una chica que me sirve de modelo para una colección de cuadros —contesté cortante.

—¿De qué colección hablas?

—De una de mi obra original. Es una joven muy delicada que es la mujer ideal para la colección de pinturas que estoy ideando.

Hubo un silencio y me imaginé que ella se estaba preguntando por qué no podía ser ella la protagonista de esas obras. Continuó callada y yo le conté un poco más sobre cómo la había conocido y cómo visualizaba los cuadros. Liana se veía inquieta, como si estuviera tratando de morderse la lengua para no emitir una opinión equivocada. De repente,

—¿Cómo se llama?

—Ana Carina —exclamé.

—No me gusta ese nombre.

Fue lo único que atinó a decir. Le serví un tazón de cereal con leche y se lo comió muy callada. Nos despedimos con un beso en la mejilla y quedamos en que al otro día vendría a las cinco de la tarde para continuar posando.

Mi aventura con Liana continuaba, aunque a veces teníamos nuestras desavenencias debido a mis celos. Pero en medio de aquella vorágine, de Liana y de los tantos pedidos de obras, me comunicaba frecuentemente con Carina, y nuestro proyecto se enriquecía cada vez más. Pasábamos horas conversando por teléfono y me encantaba oír su voz.

En una de esas ocasiones me dijo algo así como que yo podría ser su protector, lo que me agradó mucho.

Tenía el tema, una violinista, y tenía a la persona perfecta para mi inspiración, Carina.

Por eso quería liquidar cuanto antes todos los encargos de pinturas para dedicarme, única y exclusivamente, a mi proyecto.

El día de su cumpleaños la llamé para felicitarla; le había enviado por correo dos libros de regalo, Violín, de Anne Ryce, y El retrato de Dorian Grey, de Oscar Wilde.

— Te voy a pintar muy linda, pero te pido que solo me concedas ese honor a mí.

—Claro, Manuel.

—Si dejas que otro pintor te pinte, abandono la obra —le dije, en forma de juego, pero buscando su promesa.

Ella se reía, creo que complacida ante mi irrefrenable adoración.

Al día siguiente, que era domingo, había convenido con Liana en que ella vendría a las cinco de la tarde. Me había pasado la mañana trabajando en uno de los cuadros de Jacques, y alrededor de las dos de la tarde se me antojó un café con leche acompañado de su correspondiente *croissant*. Me fui caminando hasta una panadería francesa muy cerca de la casa que me gustaba por su ambiente acogedor.

Cuando estaba llegando al café escuché a un automóvil frenar junto a mí, seguido de una voz que me llamaba: "¡Manuel!". Miré hacia atrás y reconocí a Grecia. Me acerqué para darle un beso en las mejillas, pero ella sacó efusivamente sus brazos por la ventanilla y nos cerramos en un fuerte abrazo. Cuando nos separamos noté que se le salían las lágrimas.

—¿Qué te ocurre? —le pregunté, con gran preocupación.

—Nada, es que estoy muy feliz de volverte a ver, te estaba buscando. Fui a tu casa y no estabas. Decidí ir a la panadería a tomar un café, y ya ves, te encontré.

Nos fuimos a merendar juntos.

Grecia y yo nos habíamos conocido en 1990, pero no nos habíamos visto en varios años. Es una mujer preciosa, de cabello rubio rizo, cara ovalada, labios gruesos bien delineados y unos ojos azules tan bellos, que yo iba a su trabajo solamente para contemplarlos. Su presencia me relajaba y sus palabras siempre despedían sabiduría.

Durante la merienda me invitó a irnos a un sitio al borde de la bahía de Biscayne donde ella solía meditar. Le dije que me hubiera dado mucho placer, pero que esperaba a una chica que estaba pintando y que vendría a las cinco a posar.

—Está bien, entonces vamos otro día porque quiero enseñarte este sitio que sé que te gustará mucho —agregó, esperanzada.

Nos fuimos a mi casa en su carro, entramos, y nos sentamos juntos en el sofá cerca de la biblioteca.

No recuerdo exactamente por qué nos pusimos a mirar un libro que se llama Secretos Sexuales, que es una especie de Kama Sutra.

—Tengo sueño, ¿Puedo recostarme un rato, mientras llega tu modelo? —dijo, con un tono seductor.

Por supuesto, le dije, y preparé mi habitación.

Se acostó.

—Pero acuéstate tú también conmigo.

Me acosté a su lado.

—Quítate los zapatos.

Me quité los zapatos y me volví a acostar a su lado.

—Pero abrázame.

Ella estaba acostada sobre su lado derecho y yo me le coloqué detrás, en la misma posición, abrazándola.

—Déjame bajar el volumen de la música para cuando llegue Liana poder oír el timbre de la puerta —le dije, buscando escabullirme de la situación.

Me dirigí al estudio de pintar, que era donde estaba el equipo de música. A través de la ventana descubrí a Liana en el jardín; ella me vio y le hice señas para que fuera por el frente para abrirle la puerta.

Antes de abrir le dije a Grecia que había llegado mi modelo. Grecia se levantó apresurada, se arregló un poco y se sentó en el sofá con otro libro.

Liana y Grecia no se conocían por lo que las presenté. Después le preparé un licuado de papaya a Grecia y un tazón con cereal y leche a Liana, como de costumbre.

Grecia tenía que marcharse porque iba a una fiesta de cumpleaños, pero antes de irse maquilló un poco a Liana, mientras yo preparaba el escenario donde iba a posar. Liana nos tomó unas fotografías a Grecia y a mí juntos en el mismo escenario que había preparado para ella.

Al salir, Grecia me comentó:

—Esa joven está enamorada de ti.

—No es posible, ella está casada con un hombre joven y parece muy satisfecha con su matrimonio.

—Sí, pero ella necesita cosas que su esposo no puede darle y tú si puedes. Eres un pintor que le hace retratos, que la mima, que la comprende, alguien con quien puede conversar francamente y se siente bien. Tú le das una serie de cosas que las mujeres necesitamos —dijo con calma.

Bajé la vista, me sentía amonestado.

—No, ella viene por mi arte exclusivamente —le contesté.

—A esta mujer nada más tienes que hacerle así —me puso un dedo en la frente y me dio un ligero empujoncito hacia atrás —y cae. Prueba y verás.

Quizás ella tenía razón. Yo me había acostumbrado al comportamiento de las mujeres que atraía producto de mi arte, pero por mucho que me hacía el experto en la materia, a veces, no las entendía.

Desde esa tarde Grecia me visitaba casi todos los días. Unas veces íbamos al cine, otras a desayunar o cenar afuera, y otras cocinábamos en mi casa. Yo podía contar con su compañía y ella se presentaba cada vez que la necesitaba.

Una tarde, al fin, fuimos a su sitio de meditación; caminamos juntos un rato y después nos recostamos en un banco y estuvimos largo rato tomados de las manos.

Me dediqué a la búsqueda del violín visitando los pocos lugares de venta de instrumentos musicales que existen en Miami. Lo quería de madera bien oscura, y los que encontraba no eran de mi agrado. Sería un violín solamente para posar con su violinista y, en realidad, el color no importaba puesto que yo podía ponerle el color que deseara al pintarlo en el cuadro. Pero yo quería ver con mis ojos la imagen de Carina con el vestido blanco y el violín oscuro para grabarla en mi mente para siempre.

La búsqueda del violín no estaba resultando fructífera, pero, además, era como si alguna fuerza extraña estuviese tratando de descarriar mi proyecto con Carina.

En medio de las distracciones de mi romance con Liana, estaba trabajando muy duro, saliendo poco a poco de los encargos. Pero, además, junto con las órdenes de los clientes, estaba haciendo dos réplicas para mis hijas. Para Lorna, El Nacimiento de Venus, del pintor renacentista Sandro Botticelli, un cuadro inmenso de 50"x70" y de mucha labor. Para Loretta, A Water Baby, de Herbert James Draper, un pintor neoclásico de mitología e historia, cuyo trabajo es similar al de John William Waterhouse; también un cuadro grande de 50"x50". Tenía que hacer los dos a la vez para que no hubiera celos de parte de ninguna. Como estos cuadros eran para mis hijas, los hice de una forma muy especial y con mucho amor.

Para poder despachar todos los pedidos, me levantaba a las cinco de la mañana, me tomaba un jugo de naranja y me iba a trotar bien temprano. Durante esas salidas me concentraba y recreaba en mi mente los cuadros que formarían mi colección de la Sinfonía Blanca, visualizaba todo mi proyecto. Comenzaba el día con mi mente clara, sin pensar en los conflictos con Liana ni la presión de los trabajos en el taller. La salida del sol, el canto de los pájaros y la quietud matutina formaban el momento propicio para hacer un repaso mental de los veintiún cuadros de mi Sinfonía Blanca. Esos cuadros eran para mí como un faro de luz y no me importaban todas las presiones por las que estaba pasando. Deseaba terminar todos los encargos, y soñaba con irme a fin de año bien lejos con Carina para dedicarme solamente a nuestro proyecto.

Se acercaba el mes de septiembre y el viaje de Jacques a St. Tropez. Había completado algunas obras, pero los cuadros encargados por Jacques apenas estaban esbozados.

Jacques me llamó un jueves para decirme que vendría el próximo sábado para ver cómo iban sus cuadros. La noticia era terrible pues todo estaba super atrasado. Como lo de él era "para septiembre" lo dejé para último minuto y ahora me sorprendía y me tenía que apresurar.

Ordené todo lo que tenía que hacer, me compré varias lámparas adicionales para el estudio y decidí trabajar día y noche hasta el sábado en que vendría Jacques a supervisar el trabajo. Grecia no me visitó en esos tres días, cosa que me fue muy favorable, porque yo hubiera preferido mirar sus ojos azules y no lo que tenía en el caballete, y eso me hubiera distraído. Con Liana las cosas no iban muy bien, teníamos muy poca comunicación y eso me permitió adelantar lo atrasado.

Trabajé día y noche sin parar, haciendo solo unos pocos momentos para comer algo o tomar un café. La noche del viernes al sábado me la pasé en una tensión tremenda, pero esa tensión a veces me ayuda a hacer las cosas con mayor destreza. Alrededor de las seis de la mañana me recosté un rato y a las ocho ya estaba trabajando a toda máquina. A eso de las diez me llamó Jacques para decirme que vendría a las cinco de la tarde. La llamada fue un gran alivio porque así tenía un poco más de tiempo para adelantar. Estaba agotado a más no poder, pero el haber logrado sortear la parte más difícil me daba ánimos para continuar.

Jacques vino a la hora convenida con su esposa Martina. Cuando vio los cuadros me felicitó por lo mucho que había adelantado en tan pocos meses. ¡No tenía idea de que los había hecho en solo unas horas! Me extendió un cheque con parte del pago total. Me dijo que saldrían el martes próximo para Francia, y que el vuelo estaba programado para las nueve de la noche.

Llamé a Grecia para invitarla a cenar esa noche. Al día siguiente desayunaba con mi amigo Roberto Fandiño, cineasta y escenógrafo radicado en Madrid, que estaba a punto de regresar a España sin que nos hubiéramos visto durante su estadía en Miami.

Me di una ducha tan larga que cuando llegó Grecia todavía me estaba bañando. Ella había tocado la puerta varias veces, pero yo no la había oído. Tras la ducha me sentía hombre nuevo y feliz, dispuesto a ir a cenar con una buena hembra, buena hembra de cuerpo y alma.

Al verme, Grecia dijo:

—¡Pero que flaco estás! ¿Quién te está haciendo sufrir?

—La pintura —le contesté.

Fuimos a un restaurante italiano y le conté toda mi odisea con los cuadros de Jacques. Grecia decidió quedarse a dormir en mi casa para que pudiéramos ir temprano a desayunar con Roberto. Le di mi habitación y yo me fui a dormir a la de visitas.

—Si tengo miedo, te llamaré —me dijo.

—Está bien —le contesté.

Como en el fondo soy un caballero de los de antes, no me aprovecho, y con un casto beso en la mejilla me conformé. Porque yo no tengo prisa, lo bueno se hace esperar. Los hay por ahí que creen que si le tocan las nalgas a una mujer y ella no se queja, ya han hecho la conquista. Aprendices. El corazón de la hembra es un laberinto de sutilezas que desafía la mente del varón. Para poseer a una mujer hay que pensar como ella, y lo primero es ganarse su alma. El resto, el dulce envoltorio que le hace a uno perder el sentido, viene por añadidura.

Al otro día fuimos a la pastelería que nos gusta y tomamos un café con leche antes de irnos a recoger a Roberto. Llegamos al apartamento y después de las presentaciones nos fuimos a desayunar. Grecia le contó mi hazaña con los cuadros de Jacques en los últimos tres días y compartió varios halagos sobre la agilidad y rapidez con la que hago mi trabajo. Conversamos sobre los artistas que trabajan anónimamente para otros, y cómo el que firma la obra se lleva el reconocimiento.

—No me importa, esa no es mi pintura —comenté, regodeándome en mis propias palabras —. No hay nada más placentero que el anonimato. Esos son encargos y él me paga bien, además yo no tengo ego.

— Tienes más ego que nadie —dijo Roberto.

"Posiblemente", pensé.

Salimos rumbo al Van Dyke Cafe de South Beach donde Roberto le tomó algunas fotografías a una réplica de Anthony van Dyck que hice para ese restaurante. También le tomamos algunas fotografías a Grecia junto al cuadro. Luego dejamos a Roberto en su apartamento y Grecia y yo decidimos ir al cine.

El lunes siguiente también fue maratónico. Me levanté temprano a trabajar en los cuadros de Jacques. En la noche vino con su esposa y se mostraron muy satisfechos con todo. Acordamos que, al día siguiente, a la diez de la mañana, yo le llevaría toda la obra, pues ellos volarían a París a las nueve de la noche. Me pagó el resto del balance pendiente y se marcharon felices.

Pasé la noche pintando a base de café con leche. Eran las siete de la mañana y aún tenía tiempo de dormir una hora. El despertador tocó a las ocho, me puse en pie y me di una buena ducha. A medida que iba terminando los cuadros, los ponía frente al horno, en la cocina. Como le había puesto bastante secante al óleo, pude colocar un cuadro sobre el otro y después enrollarlos, metiéndolos en tubos. Les puse una funda de plástico y a las diez de la mañana Jacques tenía los cuadros listos para llevárselos a París.

En la tarde llegó Liana con sus tres hijos. Ya llevábamos unos cuantos días sin vernos, por lo que esta tarde estábamos de luna de miel. Me sugirió ir hasta la casa de su madre para dejar a los niños y volver a la mía para poder estar juntos con tranquilidad. Acepté y nos fuimos todos. Hicimos una parada en una estación de gasolina para abastecer el auto. Liana se dobló para buscar algo en la parte de atrás del carro, y su posición era tan *sexy* que, al verla, exclamé:

—¡Las nalgas de mis desventuras!

—Sus nalgas —añadió, a sabiendas de que me gustaba sentirme conquistador.

En ese momento sonó su teléfono móvil. Era su esposo. Cuando terminó de hablar me dijo que tenía que ir al aeropuerto porque había llegado un amigo de su esposo y que éste le había pedido que fuera a recogerlo. Eso me molestó y le pedí que me dejara en mi casa, que cuando terminara todas esas gestiones regresara. Pero me insistió tanto en que la acompañara, que no me quedó más remedio que acceder.

Recogimos al sujeto en el aeropuerto y nos fuimos a la casa de la madre para dejar a los niños. El recién llegado venía para quedarse a vivir en la casa con Liana y su esposo hasta que encontrara trabajo; más adelante traería a su esposa e hijos. La idea no me gustó para nada. Me parece fatal de parte de un marido meter a otro hombre en su casa, aunque sea un amigo. Sobre todo, con la clase de mujerona que es Liana. El tipo no era gran cosa, pero lucía mucho mejor que su esposo.

Dejamos a los niños en casa de su madre y regresamos a la mía. Yo estaba incómodo hasta más no poder. Encima de haber interrumpido el idilio que tenía planeado con Liana, ella empezó a enseñarle el álbum con fotografías que yo le había tomado, entre las que estaban algunas que la mostraban con el pecho desnudo. En el trayecto de la casa de su madre a la mía, el hombre me dijo que, al ser yo cubano, debería bailar muy bien la salsa. A semejante estupidez, ni siquiera contesté. Liana le dijo: "Él es pintor y no está en eso".

Al otro día, Liana vino muy temprano. Inmediatamente le hice saber mi objeción sobre meter a amigos en casa de un matrimonio joven, especialmente siendo ella una mujer tan agraciada. "Hasta que ese tipo no se marche, aquí no hay nada más que hacer" —le dije.

Ella se quedó desconcertada con la ruptura, pero en el fondo entendía mi forma de pensar, que, para muchas cosas, iba de acuerdo con mi generación. Por mi parte, había tomado la decisión de no verla más. Me mudaría para otra casa, no dejaría rastro y me dedicaría solamente a mi violinista. Ya tenía todos los encargos terminados y me podía entregar por entero a la Sinfonía. Me sentía libre, exclusivamente a la disposición de Carina, que era un ser divino, mi luz y mi refugio.

Pero esa misma noche Carina me llamó para decirme que se había mudado para Fort Lauderdale. Su esposo tenía allí un amigo con una casa muy grande y habían decidido vivir juntos los tres.

Me quedé helado. Resulta que me separo de Liana por el amigo del marido que va a vivir con ellos, busco refugio en Carina ¡y ella me sale con lo mismo! Sentí celos. Pero no dije nada.

Carina me invitó a cenar con ellos.

—Nunca he probado nada cocinado por ti y me gustaría —le contesté.

—Yo no voy a cocinar, va a ser el amigo.

—¡Ah, muy bien! Asistiré.

Pero mientras decía esto ya yo me veía en el aeropuerto tomando un avión para viajar a algún lugar bien lejos de Miami. Se me ocurrió decirle que me mudaba de nuevo para ir preparando mi desaparición. Hablé con ella como si todo me pareciera muy bien, y hasta hicimos planes sobre nuestro proyecto. Ella no sabía que todo ya estaba cancelado.

El día primero de octubre abordé un avión y desaparecí de Miami. Me fui a Maryland a visitar a mi hija Lorna. El día primero de diciembre regresé a Miami totalmente curado y nuevo; había necesitado esos dos meses de tregua. Mi espíritu se había fortalecido, había hecho ejercicios, me había cortado el cabello y lucía mucho más joven. Me había comprado ropas nuevas y diferentes.

Iba a iniciar una nueva etapa de vida sin las personas que yo había permitido que me desgastaran tanto. Mi pintura no la haría hasta que las condiciones fueran más propicias. A lo mejor algún día encontraba una nueva musa que me motivara y llevaba a cabo mi proyecto. También a lo mejor aparecía un nuevo amor y la vida seguiría adelante.

No llamé a nadie, nadie sabía que yo estaba de regreso. Los primeros días de diciembre transcurrieron muy tranquilos, haciendo algunos encargos para Jacques y otros míos.

Un día, al recoger la correspondencia del buzón me encontré con una carta de Carina. Comencé a abrir la carta instintivamente, pero me detuve, temiendo que aquella carta fuera a trastornar mi vida otra vez. Fui a la cocina, me paré frente al fogón, puse la carta sobre la hornilla eléctrica sin mirarla y apreté el botón a la temperatura máxima, cuando vi que el sobre provenía de South Beach, y no de Fort Lauderdale. Inmediatamente la saqué de la hornilla donde el calor ya comenzaba a quemarla, creando unos círculos de color café. Leí la carta que estaba escrita con una mezcla de portugués, español e inglés.

"Acie tumpo que le estoy buscando y mi quedei preocupada cuando te llamei y había cambiado el teléfono. Asta my ocorrio de pensar que usted no me quieres más como tu modelo. Bueno, Si esto se pasa no te preocupes, porque yo no vay a quedar brava con usted. Usted es una persona muy especial y yo de verdad me quedei preocupada en saber si todo está bien. Por favor no se olvides de mí, me llama, Te querremos muy bun, Un beso muy grande, Carina".

La carta me alegró, pero no cambió mis planes de cancelar todo el proyecto de la Sinfonía Blanca, temiendo que en cualquier momento ella pudiese llevar a cabo una acción o mostrar una conducta que me desencantara, y arruinara la imagen de mi violinista. Total, como dice Oscar Wilde en El Retrato de Dorian Gray: el mundo es amplio y no faltan seres deslumbrantes. Algún día yo encontraría uno de esos seres casi perfectos para realizar mi obra.

De eso trataba de convencerme, queriendo ignorar que Carina ya estaba bajo mi piel, y que solo ella podría ser la violinista de mi obra. Fueron muchos meses visualizando su rostro y su imagen en mi pintura; cambiarla de hoy para mañana no sería cosa fácil. Creía que con el tiempo y la distancia la borraría de mi mente. ¡Tonto yo al pensar que evitando el contacto con ella se me olvidaría!

Faltaban pocos días para fin de año y me visitó una amiga panameña que era modelo en Alemania. Ella frecuentaba mucho mi casa y se había convertido en mi consejera, experta en el corazón femenino, y me daba sugerencias y opiniones acerca de las mujeres. A veces se me aparecía sin avisar, algo que no me gustaba mucho, pero yo la perdonaba. Nos sentamos con unas copas de vino a contarnos nuestras últimas cuitas de amor.

En medio de la conversación tocaron a la puerta y fui a abrirla. Me encontré a una mujer recostada a la pared con el rostro entre las manos, llorando.

—Hubiera preferido no encontrármelo —me dijo, y se echó en mi hombro a llorar.

La abracé y la dejé que se desahogara. Cuando se calmó, levantó la cabeza y me dijo de nuevo:

—Hubiera preferido no verlo más; pasé solamente para recordarlo.

Era Liana.

Cuando se calmó me dijo:

—Perdóneme, sé que lo he hecho todo muy mal. De ahora en adelante haré todo lo que usted me pida. Vamos a esperar el año nuevo en casa de mis tíos y me gustaría que usted lo esperara conmigo.

—Estaré contigo esperando el año 2000 —le contesté, para apaciguarla.

Pero no fue así. Pasaron las fiestas y yo no podía con la rabia. No podía dejar de pensar que ella estaba conviviendo con dos hombres en su casa. Me llamaba por teléfono frecuentemente, pero como me molestaba tanto la idea de su huésped, nuestras conversaciones eran frías.

Pasaron varios días así y dejó de llamarme. La verdad, yo estaba desesperado por oír su voz, pero no la llamaba. Aun así, me pasaba los días y las noches con ella en la mente. No encontraba qué hacer para darle un descanso a mi cerebro. Si pintaba, no me podía concentrar, si ponía música, no la podía escuchar; si salía a caminar, ella me acompañaba en todo el recorrido. En todo lo que hacía, ella estaba presente; no podía dormir, me despertaba a media noche y amanecía pensando en Liana. Pero mi orgullo era más fuerte que mi sufrimiento.

Una mañana, mientras pintaba El Nacimiento de Venus, de Botticelli, escuchando la quinta sinfonía de Tchaikovsky, me pareció que tocaban a la puerta; no abrí, pero volvieron a tocar.

Era ella. Allí estaba, parada frente a mí con una gran sonrisa.

—Le traigo una buena noticia —siempre me trataba de usted, y esto a mí me resultaba erótico.

—¿Qué sucede?

—Él se fue para Colombia —gritó, riéndose.

Su huésped finalmente se había ido. Nos dimos un abrazo interminable y salimos caminando hasta un parque cercano. Conversamos largo rato, muy felices, en otra nueva luna de miel.

Regresamos a mi casa y nos sentamos en unos bancos de la mesita del jardín. Estábamos enfrente el uno del otro, pero ella se cambió para mi lado, y muy juntos, nos dieron las tres de la tarde. Le serví su plato de cereal y le tomé varias fotografías en distintas posiciones.

—Olvidémoslo todo y comencemos de nuevo —me dijo, con esa vocecita que ponía cuando quería salirse con la suya.

Esas palabras me trajeron la paz al cuerpo.

Para su cumpleaños le envié una postal con su rostro pintado a lápiz. Posteriormente me comentó que cuando sacó el sobre del buzón se sentó en los escalones de la casa para ver su contenido, y que cuando vio el rostro y la dedicatoria se le salieron las lágrimas. Que, además, en la noche, cuando se acostó, puso la postal a su lado y durmió con ella.

Al día siguiente de su cumpleaños la llamé para invitarla a la exhibición de arte que cada año se realiza en el Centro de Convenciones de Miami Beach. Allí nos reuniríamos con mi amigo Roberto; posteriormente iríamos a casa de una amiga donde tendríamos una pequeña reunión. Era el último día de la exhibición y cerraban a las ocho de la noche, por lo que acordamos que ella me recogiera alrededor de las cinco para tener suficiente tiempo de ver las pinturas, en especial unos cuadros del pintor chileno Claudio Bravo que yo deseaba que ella viera.

Me arreglé bien temprano, quizás con demasiada antelación, y para hacer tiempo me hice una taza de té. Pasaron las horas y no llegaba. Dieron las cinco, las seis, las siete y ya yo no aguantaba la incomodidad, porque había quedado con Roberto en que nos veíamos en el puesto del galerista George Nader a las cinco y media.

Por fin llegó a las siete y media. Nos saludamos con un simple ´hola´ y ni siquiera la besé. Me senté en su auto y salimos rumbo a Miami Beach, sin pronunciar palabra en el trayecto. Llegamos a las siete y cincuenta y cinco. Faltaban sólo cinco minutos para que cerraran y ya no se permitía entrar, pero yo mostré una tarjeta que decía "exhibidor" y nos dejaron pasar.

Le enseñé apresuradamente los cuadros que quería que viera y nos fuimos corriendo hacia el cubículo de la Galería Nader, pero no vi allí a Roberto, por lo que nos pusimos a mirar los cuadros que allí exhibían.

Se nos acercó una chica y nos hizo varios comentarios acerca del cuadro que estábamos mirando. También nos trajo al pintor que lo había realizado para que lo conociéramos personalmente; era un señor llamado Darío Ortiz. Más tarde supe que era un pintor colombiano.

Estábamos conversando con el pintor cuando éste me preguntó cómo conseguía yo a mis modelos, porque en Miami era muy difícil encontrarlas. Yo sabía por dónde venía ya que, en Miami, y en especial en Miami Beach, hay siempre cientos de modelos disponibles. Me empezó a hervir la sangre.

—Mi modelo no la comparto con nadie —hice hincapié—. Si ella desea que otro pintor la utilice, que lo haga, pero yo la descontinúo inmediatamente y no la pinto nunca más.

En ese momento llegó la esposa de Jorge Nader

—¿Usted es Manuel, el padre de Lorna? —preguntó.

—Sí —le respondí, y entonces reconocí quién era. Me preguntó por mi hija y también por un cuadro que le estaba pintando a su esposo.

Nos despedimos de ella, del pintor y de la chica.

Caminábamos por uno de los pasillos, buscando la salida, cuando escuchamos una voz que llamaba "¡Manuel!". Era Roberto. Nos saludamos y le presenté a Liana.

—He estado delante de ustedes todo el tiempo y no me han visto. He escuchado toda la conversación y ustedes ni siquiera se han dado cuenta de mi presencia —nos dijo, mirando a Liana de arriba a abajo.

Nos fuimos al apartamento de unos amigos. A Roberto ya ellos le conocían, pero a Liana no, aunque ya tenían referencias de quién era la que siempre me tenía el corazón partido. Durante la visita hubo algunos comportamientos de Liana que me molestaron. No sé si lo hizo con intención, pero simulé que no notaba nada.

Cuando regresamos a casa me dijo:

—Ese pintor no dejó de mirarme desde que llegué a la exhibición.

—¿Y usted cómo sabía que él la estaba mirando? —le respondí.

—Una mujer siempre sabe cuándo la están mirando.

—Cuando usted sabía que ese señor no dejaba de mirarla, es porque usted tampoco dejaba de mirarlo a él —concluí.

Liana se marchó y me quedé cavilando largo rato, hasta que por fin me acosté. No dormí muy bien y me levanté más temprano que de costumbre para hacer mi caminata. Con el amanecer, el aire fresco y el canto de los pájaros, mi mente se aclaró. Analicé mi relación con Liana y tomé una determinación.

Al regreso de mi caminata, cuando me estaba bañando, sonó el teléfono. Salí mojado de la ducha, descolgué, y era ella. Parece que se sentía culpable de algo, porque no se cansaba de halagarme.

—Puede venir el pintor más famoso del mundo: yo soy solamente para ti. Por favor, escúcheme, quiero que comencemos de nuevo. —me rogó.

Escuché todos sus cantos de sirena.

Me culpaba a mí mismo por celarla tanto y me daba cuenta de que nuestra relación era un martirio para ambos.

Era el 29 de enero del 2000. Me senté en el sofá de la sala y me serví una cerveza, reflexionando sobre mi relación con Liana, y puse un CD del cantante argentino Sandro.

Otra cerveza y un poco de queso con pan francés.

Llamé a Carina y estuvimos conversando por más de una hora. Sabía que nunca encontraría otra que me inspirara tanto para la Sinfonía Blanca como ella, por tanto, me iba a olvidar para siempre de Liana y de todo ese pasado; iba a evitar las distracciones y dedicar toda mi vida a aquella figura delicada que tanto me fascinaba. Fui al closet y saqué aquel flamante vestido blanco que había mandado a hacer especialmente para mi musa. Lo saqué de su funda, lo miré detalladamente y pensé: "Pronto serás compañero inseparable de un violín y del ser más maravilloso del planeta Tierra".

Ya era la una de la madrugada. Fui al armario donde tenía todas las cosas de Liana. Un baúl lleno de vestidos, jeans, camisetas, decenas de fotografías, telas. Un mechón de su cabello como de unas 24 pulgadas de largo que me había regalado en una ocasión; notas, dibujos, objetos, en fin, todas las cosas que habíamos acumulado para las pinturas y que guardábamos de recuerdo. Agarré el espejo ovalado que habíamos utilizado en algunos cuadros donde ella aparecía desnuda, de espaldas al mismo. Lo llevé al parqueo del fondo de la casa, lo puse boca arriba y coloqué sobre él todo el contenido del baúl. Fui al garaje, tomé un recipiente con cinco galones de gasolina y se lo rocié.

Saqué otra cerveza de la nevera, me senté en los escalones donde unos días antes nos habíamos sentado profesándonos amor y desde allí lancé un fósforo encendido. Me quedé hipnotizado presenciando como las llamas consumían las cosas que me ataban a esa mujer. La llama se elevó tan alto que me asusté por lo imponente que lucía. Una cerveza más y el fuego se volvió más maravilloso. Amaneció cuando se extinguía y yo estaba fascinado presenciando el fin de mi tormento. Con aquellas cenizas había puesto punto final a mi vida con Liana.

Agarré una pala y tiré todas las cenizas en un tanque de basura de un edificio cercano. Busqué una manguera y limpié con agua todo el parqueo. Luego me puse mi ropa de salir a trotar y me fui corriendo rumbo a una avenida principal. Me sentía feliz, tranquilo, experimentaba un gran alivio. De regreso ya salía el sol. Ese era el amanecer de mi nueva vida.

No la vi más nunca y ahí comenzó mi Sinfonía Blanca. Años más tarde me enteré por una prima de ella que se había regresado a su país natal, ya que su esposo fue deportado de los Estados Unidos.

Al día siguiente llegaron Carina y su esposo. Carina y yo nos dimos un abrazo interminable y al separarnos nos quedamos mirándonos como si nos hubiéramos vuelto a descubrir. Ella ya tenía el cabello más largo y lucía fascinante. No me cansaba de mirarla; indudablemente, mi violinista era la mujer más bella del mundo, frágil, delicada, femenina. ¡Bella!

Me contó que se había vuelto vegetariana. Para mí fue un halago muy grande; nunca le había sugerido que se dejara crecer el cabello ni que se hiciera vegetariana.

El esposo me dijo:

—Usted parece diez años más joven.

"A pesar de la nochecita que tuve", pensé.

—Y ustedes se ven contentos. Me alegra mucho verlos —le contesté.

Salimos a desayunar y nos sentamos al aire libre, ya que hacía una temperatura bastante templada en Miami.

Yo estaba feliz con mi modelo, no me cansaba de mirarla, y me la imaginaba en el lienzo con su violín. Me contó sobre su niñez. Me narró que en su infancia había vivido en una granja donde se levantaba bien tempranito en la mañana y se iba a tomar leche recién ordeñada de una vaca; luego iba a una cascada a bañarse y de ahí a la escuela. Todo esto me pareció tan maravilloso que, a partir de ahí, cada vez que hablaba de mi musa con las personas que visitaban mi estudio, les contaba la historia. También me contó cómo había conocido a su esposo.

Estaba tan feliz con este reencuentro que mi mala noche se me olvidó.

—Tenemos un amigo en Seattle, en el estado de Washington, y nos vamos a vivir allá —dijo Carina.

—Pero eso no importa —dijo su esposo—. Ella puede venir esporádicamente para lo de los cuadros.

—Sí, claro. La distancia no importa —les dije.

Regresamos a mi casa y nos sentamos en la sala, ellos en el sofá y yo en una silla enfrente.

Saqué su vestido, pero, tras esa noticia, ya no con tanto entusiasmo. Ella fue a una habitación para cambiarse y cuando salió, al fin, pude ver, en carne y hueso, a la que tantas veces había visto en mi imaginación. Pero era más bella aún. ¡Mi violinista!

Decidimos tomar algunas fotografías y nos fuimos al jardín. Allí hicimos infinidad de fotos, dejando la puerta abierta para escuchar música de María Callas. Me parecía estar en el paraíso, viendo a mi violinista al fin con su vestido.

Los tirantes le quedaban muy largos, al parecer la costurera no había tomado bien las medidas. Y mientras tomábamos las fotos se le salió uno de los pechos: parecía un botón de rosa.

—Esto no es Playboy —dijo su esposo en son de broma.

Entramos a la casa y tomamos más fotografías en el sofá. A mí me parecía estar en la gloria, pero con la pena por dentro de que pronto la perdería.

Sentía un gran vacío por la ausencia de Liana y por la próxima partida de Carina.

Grecia me llamó después de mucho tiempo de ausencia y la invité a desayunar. Vino un poco retrasada, cosa que yo detestaba, pero no le dije nada. Regresamos a casa y le mostré algunas fotos de Carina. Me preguntó por Liana y le conté nuestro final.

—No sé cómo tú puedes andar con esas jóvenes que ni siquiera saben lo que quieren —dijo Grecia, visiblemente airada—. Mira, tú tienes que resolver ese problema.

No le contesté. Grecia siempre me reconfortaba, pero ese día era un puro reproche.

—Eres obsesivo con el orden y la limpieza y eso puede molestar a cualquier mujer. Tienes mucha sensibilidad y tu perfeccionismo hace sentir inferior a la mujer.

—No tengo la culpa. Me gustan la perfección, el orden y la limpieza. Si esto no les gusta a las mujeres, lo siento mucho. Me gusta que el más íntimo detalle esté limpio y ordenado en mi casa, en mi estudio y en todas partes donde esté presente. — contesté, enojado.

—Mejor me voy. No tengo ganas de quedarme ni un instante más aquí.

—Pues vete.

Y se marchó.

Una tarde en que el día estaba un poco nublado y frio, llamé a Carina y a su esposo para invitarlos a tomar un chocolate caliente. Durante la velada Carina me contó que había soñado que estaba en la exhibición de los 21 cuadros de la Sinfonía Blanca.

—Había muchas personas mirando los cuadros, yo tenía puesto un vestido rojo y estaba muy feliz —me dijo.

Ese sueño me dio alegría. Ya ella comenzaba a tener visiones similares a las mías. Ya veía el proyecto hecho realidad.

Aunque no sabía cómo iba a realizar el proyecto con ella a la distancia, ¡ni siquiera si lo iba a poder terminar!, siempre que nos reuníamos hacíamos planes. A veces sentía que la Sinfonía Blanca se estaba convirtiendo en una fantasía blanca. Pero la imagen de Carina estaba cada vez más dentro de mí. Ya nadie podría sustituirla. Me había enamorado de aquella imagen y ya no la cambiaba por la mejor mujer del mundo.

La colección sería de 21 cuadros, en su mayoría de 70 pulgadas de alto por 49 de ancho, hechos con mucha dedicación y esmero. Tenía que dedicarle a cada uno el tiempo necesario para hacer una buena obra. Para esto necesitaría a Carina unos tres años cerca. Podía trabajar con fotografías, pero eso no es pintar. Me gusta tener a la modelo a mi lado cada vez que la necesite. ¿De qué manera iba a lograrlo con la musa a cientos de millas de distancia?

En realidad, no podía empezar una obra de tal envergadura para que al poco tiempo se quedara a medias. Seguía esperanzado de que cambiaran de idea y se quedaran en Miami.

Durante mis recorridos por las casas de música en Miami había visto el único violín que más o menos se asemejaba al que buscaba. Fue en una tienda de instrumentos musicales en Coral Gables. Quise tener el placer de comprarlo con Carina.

La tienda había cambiado de lugar y salimos a buscarla caminando, pero resultó estar más lejos de lo que imaginábamos. Llegamos cansados de andar. Aquel lugar parecía más una ferretería de barrio que una tienda de instrumentos musicales. Había dos jóvenes tras el mostrador y uno de ellos, al vernos, se apresuró a atendernos. Le pedí que me mostrara un violín y me bajó el único que tenían y que, casualmente, era el mismo que ya había visto antes. Lo sacó del estuche y nos lo entregó. Conversaba con Carina sobre nuestro proyecto de posar con el violín y el jovencito le preguntó a Carina si le gustaba la guitarra, porque también luciría muy bonita con una guitarra. Después discutimos sobre el color del violín y el joven añadió que eso no importaba porque yo podía darle el color que deseara. Yo quería el color exacto del violín, el color exacto del vestido, el color exacto de todo para grabar en mi pantalla mental la imagen exacta de mi violinista. Temía que con el pasar del tiempo tendría que recurrir a esa fotografía mental para poder hacer mi obra. Pero no iba a darle la explicación a este chico. Con el ambiente y las malas energías que percibía en aquel lugar decidí que aquel no era el violín de mi Sinfonía Blanca. Devolvimos el violín y fuimos hasta el mostrador a pedirle al otro joven que nos pidiera un taxi por teléfono. El joven que nos mostró el violín vino hacia nosotros. Carina se alejó mirando los otros instrumentos que colgaban de la pared. El joven la siguió como un perro a su presa. Carina volvió adonde yo estaba y el joven vino detrás. Entonces Carina me dijo: "Vamos a esperar el taxi afuera".

De aquella visita saqué dos cosas en claro: que el violín que yo buscaba no lo encontraría en Miami y que me había gustado mucho la actitud de Carina con respecto al vendedor.

El día 2 de julio salí para Maryland, a la casa de Lorna. Durante mi estancia le hice varias réplicas a Jacques de Marie Laurencin, Fernand Léger, y Tamara de Lempicka. Visité varias veces la Galería Nacional de Arte en Washington, D.C. y otros museos de arte con mi hija y mi nieto. Fueron oportunidades para ver ciertas obras maestras de cerca y analizar técnicas de pinceladas. Durante todo el viaje no cesaba de pensar lo lindo qué sería visitar todos aquellos lugares con Carina.

A mi regreso a Miami lo primero que hice fue llamarla. Acordamos vernos en un restaurante para almorzar. Carina se había vuelto vegetariana y comimos unas hamburguesas veganas deliciosas. Yo estaba feliz con mi modelo, disfrutando mi almuerzo. Y de repente Carina me dijo:

—Nos vamos.

Yo no entendía muy bien lo que significaba "nos vamos". Pensaba que, a lo mejor, en su traducción del portugués al español quería decir: "Nos vamos a divorciar". Quizás eso era lo que deseaba escuchar.

—¿Qué quiere decir nos vamos?

—Que nos vamos para San Francisco.

—¿San Francisco? Pensaba que era Seattle. Bueno, de todas maneras, sigue siendo muy lejos.

—Si, cambiamos de planes. Creemos que nos va a gustar más San Francisco y hay mejores posibilidades de trabajo.

Cambié la conversación y comencé a hablar de los diferentes platillos vegetarianos que probé mientras visitaba a mi hija en Maryland.

Llamé a Jacques para saber si ya había regresado de St. Tropez y me encontré con que había llegado ese mismo día. Acordamos vernos al día siguiente en la mañana. Entonces le entregué los nuevos cuadros y me los pagó en su totalidad.

Me di a la tarea de terminar el cuadro de Loretta, The Water Baby, que había dejado inacabado. En las mañanas me iba a la playa con un libro de Deepak Chopra que me había prestado Lorna y me ponía a tomar el sol y a leer en un lugar un poco retirado que solía estar desierto. Allí visualicé por primera vez el primer cuadro de la Sinfonía Blanca.

Era una mañana un poco gris, pese a que estábamos en pleno agosto, y la arena se veía grisácea también. La vista era preciosa. Sin duda, la bruma hace las cosas más maravillosas.

Visualizaba a Carina con su vestido blanco parada en la arena, con el mar y el cielo que casi se confundían como fondo. Ella, pálida, frágil, delicada, con sus ojos negros y su cabello negro, tranquila, feliz. Esa sería mi primera pintura. El cuadro número uno de la colección de veintiún cuadros. Desde ese día todas las mañanas me iba a la playa para leer y para seguir dándole forma a mi cuadro número uno. Me daba cuenta de que no estaba dispuesto a hacer nada que no me fascinase. Me tomaría el tiempo necesario para concebir en mi mente la obra de arte que constituyera una realidad más pura, perfecta y ordenada que este mundo.

Una tarde vino mi hija Loretta a dejarme unos víveres. Venía con su esposo y cuando fui a recibirlos a la puerta del edificio, Loretta me dijo: "Por allí viene tu musa".

Loretta la reconoció a pesar de que solo la había visto en fotografías. Llegó Carina y se la presenté a mi hija y a su esposo.

Todos entramos al apartamento y Loretta comenzó a acomodar las provisiones en la nevera y en los gabinetes de la cocina.

Carina se sentó y sacó un dibujo que me traía. Eso me alegró mucho y mientras agradecía este gesto, mi hija y su esposo comenzaron a despedirse. Se marcharon y nosotros nos quedamos solos. Me senté a su lado para leerle algunos párrafos del libro de Deepak Chopra que me habían llamado la atención. Le pregunté por el dibujo que me había traído, que creía había hecho ella misma.

—No lo hice yo. Fue un chico que trabaja al lado de donde yo trabajo; me gusta mucho cómo le quedó. Una noche en que salía del trabajo él me estaba esperando y me asusté. Entonces me entregó el dibujo. Le hice esta copia y te lo quiero regalar.

—Quedó muy bonito. Captó muy bien la expresión de tu rostro —le dije.

Pero en realidad me preguntaba, "¿Será tonta?" Tan pronto se marchó rompí el dibujo y lo tiré a la basura.

Unos días más tarde convinimos en vernos con su esposo para almorzar en la cafetería de una librería. Al yo llegar ya ellos estaban esperándome. Carina estaba preciosa vestida de negro y con un medallón estilo barroco colgando de una cadena que me gustó mucho. Me dijo: "Me lo puse especialmente para ti".

Esto me alegró mucho, pero no se me quitaba de la cabeza el enamoradito y el dichoso dibujo que me había regalado. No quise comer de la pizza que pidieron. Los invité al restaurante donde estaba la réplica que yo había hecho de Van Dyck. Subimos al piso de arriba, donde tocaban jazz, y les mostré el cuadro.

Yo pedí una cerveza y su esposo, otra. Carina pidió un helado con un trozo de pastel. Hablamos de su futuro traslado a San Francisco. Él se iría primero, buscaría empleo y vivienda; luego se iría Carina. Ella se quedaría con unas amigas mientras él preparaba las condiciones. Mientras conversábamos Carina hacía dibujos en una servilleta. Al alistarnos para partir, tomé la servilleta y la guardé en mi bolsillo. Posteriormente le dije a Carina que me la firmara. Me puso una dedicatoria muy bonita que aún conservo.

Un día Carina me comentó acerca de una tienda en Washington Avenue, en Miami Beach, donde vendían vestidos antiguos muy lindos y apropiados para usar en las pinturas. La verdad es que yo ya había visto esa tienda, pero quise dejarla que ella pensara que la había descubierto. Nos pusimos de acuerdo y una tarde fuimos a la tienda. Entre los vestidos estaba uno blanco que nos llamó la atención, pero no tenían la talla de Carina. De todos modos, se lo probó y le quedaba precioso. Los trajes los confeccionaban ahí mismo a la medida de los clientes; aproveché que lo tenía puesto para pedirles que le tomaran las medidas para hacerle uno igual, de su talla. Carina se veía feliz con su vestido puesto y yo no me cansaba de mirarla.

Cuando se quitó el vestido en el vestidor, me llamó para que la contemplara en la pose que se reflejaba en el espejo. Era una posición extraña. Me quedé como niño mirándola a través del espejo. Ella me observó un rato y me dijo:

—Me voy a enamorar de ti —dijo, haciendo una expresión facial pícara.

Sentí mi corazón palpitar más rápido.

—No te enamores nunca, y menos de mí —atiné a contestar.

Salimos de la tienda y actuamos como si nunca hubiésemos intercambiado esas frases. Fuimos a tomar un café y al despedirnos esa tarde, le di un beso en la frente y le dije:

—Yo también me voy a enamorar de ti.

Ella me abrazó y, de inmediato, quise corregir mi error.

—Bueno, me voy a enamorar desde el punto de vista artístico.

Jacques se iba para su finca en Hogansville, en el Estado de Georgia, y me ofreció que me quedase en su apartamento y su estudio, en South Beach. Acepté porque el apartamento tenía tres niveles, los dos primeros eran de viviendas, y el de más arriba era el estudio que tenía muy buena iluminación natural. Allí podía trabajar con más comodidad. La primera en visitarme fue mi musa Carina. Me dijo que había pasado muchas veces por el lugar y que le encantaba, sobre todo por unas manitos de madera que se veían asomando a la ventana del tercer piso. Las manitos estaban en la ventana del estudio de Jacques y se utilizaban como modelo para posicionar las manos y pintarlas en los cuadros. "Algún día las pintaré en uno de los cuadros de nuestro proyecto" —le prometí.

Nos fuimos a caminar un rato por Lincoln Road y pasamos por el apartamento de Roberto, para que él conociera a la que había conquistado mis sentidos para convertirse en la modelo de mi colección. Pero mi amigo no estaba. Le propuse a Carina que tomáramos unas fotografías y se le iluminaron los ojos.

No me pasaba la más remota idea de que esas fotos serían lo único que me quedaría para hacer la colección de los 21 cuadros. Mientras íbamos caminando, me contó que una de las amigas con las que estaba viviendo la invitó a una discoteca porque no quería ir sola. Dijo que la acompañó, pero que una vez que entraron, y al rato, dejó a su amiga y se marchó. Eso me gustó mucho, pero tuve el temor de que en otra ocasión resultara vulnerable, pues las discotecas de South Beach pueden ser antros de droga y libertinaje.

Fuimos hasta su casa a buscar el vestido blanco y un chal negro del cual ella me había hablado anteriormente. El chal era precioso, una mantilla triangular con flecos bordada a puntillas de crochet con doble hilo negro de seda muy fino. El tejido constaba de blondas bien cuajadas formando un brocado/encaje muy típico español de motivos florales. Es el mismo que aparece en casi todos los cuadros de la colección.

Decidimos recoger un poquito los tirantes del vestido ya que el escote le quedaba muy bajo y le tomé una foto mientras lo arreglaba. Nos fuimos al piso de arriba del apartamento de Jacques para que se pusiera el vestido ya que las fotos las íbamos a tomar en el jardín del edificio. Tocaron a la puerta, eran Jacques y Martina que venían a despedirse porque ya se iban a Hogansville.

Les presenté a Carina y les dije:

—Ésta es mi violinista.

—Un cuadro de ella desnuda con el violín sería una pintura muy buena —contestó Jacques.

Noté que a Carina no le gustó mucho el comentario, por lo que respondió:

—Mi esposo me mata si hago eso.

Lo dijo como para que él supiera que ella era casada y no entraba en esas cositas de desnudos artísticos.

En ese momento sonó el teléfono: era una de las amigas de Carina para invitarla a salir en grupo. Carina rechazó la invitación y yo le expresé mi alegría por haberme preferido.

Ella dijo:

—No, saldremos después.

Carina se puso el vestido y tomamos varias fotografías en el jardín. Una vez terminada la sesión, se puso de nuevo sus jeans. La invité a almorzar, aunque era un poco tarde. Luego la acompañé hasta su apartamento. Durante el trayecto me contó que ya su esposo había conseguido empleo y vivienda pero que ella ya no deseaba irse para San Francisco. La notaba un poco confundida y le dije que debería irse a San Francisco pues su esposo la había complacido en su deseo de trasladarse a vivir en esa ciudad.

—¿Es una traición si no voy, ¿verdad? —me preguntó.

—Te digo esto, no por él, sino por ti. El día de mañana, tu conciencia te va a regañar si lo abandonas así. No entiendo cómo, si hace unos días me dijiste que jamás podrías separarte de tu esposo, ahora sientes rechazo a reunificarte con él. ¿Qué te ha hecho cambiar de idea?

—No lo sé. Quiero quedarme acá.

Algo me decía que algún acontecimiento había ocurrido en esos días que la había hecho cambiar. Para mí era un peligro que ella no estuviera protegida por su esposo; la veía muy vulnerable a la influencia negativa de las nuevas amigas.

Una tarde estaba pintando y vi a Carina llegar desde la ventana. Le hice señas desde arriba que iba a bajar para abrir la reja. Bajé, y al abrir me quedé mirándola y estudiándola; no era la misma. Su mirada y su imagen habían desaparecido. Traía un arete en la nariz. Mis sospechas de que las malas influencias habían robado a mi modelo se confirmaron. Subimos para ver las fotografías, se las enseñé y se las entregué todas. En ese momento no deseaba tener nada de ella. Y es que el amor suele ser uno de los sentimientos más egoístas que existen, y, simplemente, no se puede amar si no se admira al ser amado.

—Estoy confundida —me dijo—. Necesito un consejo.

—No sé de nadie que pudiera dártelos —fue mi cortante respuesta.

Me pesó mi respuesta, pero los celos se apoderaron de mí. Me imaginaba que un hombre era el causante de aquella confusión. Lo que deseaba en ese momento era que se fuera al carajo con su esposo y no perturbara más mi vida. Como yo estaba tan airado al verla con aquel arete en la nariz, le dije que mejor se fuera y que regresara al otro día. Se marchó y yo me quedé enojado.

Al día siguiente me levanté bien temprano, me vestí de negro y me apresté a salir hacia la reja para recibirla cuando ella llegara. Apreté el botón del elevador, que cuando llegó a mi piso, se abrió para darme la sorpresa de que traía a Carina. Venía radiante; aquella sí era mi violinista. Llevaba el vestido negro y el medallón que tanto me gustaba. No tenía el arete en la nariz.

—¿Cómo pudiste entrar? —le pregunté.

—Un señor me abrió la reja.

—A una mujer como tú se le abren todas las puertas.

Nos fuimos caminando a un restaurante y mientras almorzábamos me confesó:

—No dormí muy bien en toda la noche, solo pensaba en nuestra conversación —me dijo—. Me conoces muy bien.

Permanecí callado y no le dije que yo tampoco había dormido. Durante nuestro desayuno hablamos sobre su viaje a San Francisco.

—Es que había discutido con mi esposo. Las cosas no andan bien.

Enseguida quise cambiar de tema.

—Para mí eres la mujer más bella del mundo. ¿Sabes?, sigo visualizando los cuadros durante mis meditaciones. Te tengo en mi mente todo el tiempo.

—Me voy a ir a San Francisco con mi esposo y voy a estar un tiempo. Después me voy a separar.

—Me parece bien tu decisión. Sé que al lado de tu esposo vas a estar protegida.

—A veces soy una loquita, pero me sacudo y vuelvo a ser yo.

A lo cual le iba a contestar que a mí no me gustaban las loquitas; pero preferí callar.

—Dentro de unos días tú estarás en San Francisco y yo en Maryland —fue lo que se me ocurrió decir para cambiar de tema.

Tras el desayuno la dejé en la parada del autobús, le di un beso de despedida y ese fue el último día que vi a la Carina que a mí me gustaba, la que reinaba en mis visiones. Poco sabía en ese entonces que la esencia que yo percibía de esa joven moriría para siempre y que tendría que fijar su existencia en mi imaginación. No quise despedirme de ella cuando partió para San Francisco. No sé ni el día en que se fue.

Yo partí para Maryland a visitar a mi hija Lorna. Me fui con el encargo de un cliente de hacerle un retrato de su padre, que iba a repetir seis veces, porque era uno para cada hermano. Estando en casa de mi hija terminé ese trabajo y también le hice a ella una réplica del cuadro Les Pleurs du Printemps.

La musa de París

De regreso a Miami entré en una perfumería. Allí tenían en vitrinas algunos perfumes antiguos. Me llamó la atención uno que tenían bien protegido. Era un frasco pequeño, azul; su forma y color me eran muy familiares, me recordaba mi niñez: era el que usaba mi madre. Traté de comprarlo, pero me dijeron que ese no se vendía, que estaba solamente en exhibición por pertenecer a la historia del perfume. La etiqueta decía: "Soir de París."

También me llamó la atención un libro rojo con letras doradas que decía: "El Perfume, Historia de un Asesino", en español. Leí la sinopsis y me gustó mucho para pintarlo en un cuadro. Pero me llamó más la atención el trasero de una de las muchachas que trabajaba en la tienda. Cuando fui a pagarlo, la chica se me acercó y me preguntó:

—¿Lo quiere envuelto en papel de regalo?

—No, porque solo lo quiero para pintarlo en uno de mis cuadros.

—¿Usted pinta? ¿Cómo lo va a incorporar en su pintura?

—Bueno, me alegro que me hayas preguntado. Me gusta pintar mujeres hermosas y siempre me gusta colocar un libro dentro de la pintura. Busco libros interesantes que luego pinto. ¿Entiendes?

—Entonces, ¿me vas a pintar con este libro?

Me sorprendió la agresividad de su respuesta, y solo atiné a decirle que sí.

Conversamos un poco más y noté que era amante del arte y, en especial de la pintura, así que pautamos cita para la semana siguiente. Se llamaba Isabelline.

Isabelline me gustaba mucho como amiga. Esto no tenía nada que ver con la Sinfonía Blanca, aunque realmente tampoco quería dedicar mi atención a otra cosa que no fuera la Sinfonía. Pero era tanto el entusiasmo por parte de Isabelline y me gustaba tanto su energía, que llegué a convencerme de que debía complacerla y pintarla.

En esa fecha ya se cumplían los dos años de haber conocido a Carina y no había hecho ni siquiera el primer trazo de la primera pintura. Entonces, como regalo del segundo aniversario de conocernos, le envié un dibujo de ella con su vestido blanco. Me pasé un día entero haciéndolo y me quedó muy bien. Luego me llamó y me contó que cuando llegó del trabajo a la casa, se había encontrado con el tubo que contenía el dibujo y se había puesto muy contenta. Me dio las gracias por el regalo y se despidió de mí diciendo, "Un beso grande, mi amor".

Con Carina a la distancia, accedí a que viniera Isabelline para pintarla. Pasó una tarde conmigo, tomamos unas copas de vino acompañadas de queso Roquefort y galletas.

Tenía yo un cuadro de Carina que había comenzado con la idea de regalárselo por su cumpleaños, pero que no había terminado, y aquella tarde el cuadro se caía del caballete sin razón alguna.

—Este cuadro de Carina está celoso de tu presencia y se cae —le dije.

Le tomé varias fotografías a Isabelline, le confesé que lo primero que me llamó la atención fue su trasero. Entonces ella se bajó un poco la falda y me enseñó lo que allí tenía: era un tatuaje de un grupo de estrellas de distintos tamaños. No me gustó que tuviera tatuajes, pero, en definitiva, ese era su gusto y no le dije nada al respecto, pero pensé: mi violinista tenía su piel impecable. Me dejó que le tomara varias fotos también de las nalgas con las estrellas.

El cuadro de Carina se cayó nuevamente.

—Carina sigue celosa —dijo ella.

Nos reímos, pero en el fondo me parecía algo sobrenatural.

—Quiero que ella sepa que solo me vas a pintar a mí —concluyó Isabelline.

Un día fui a buscar a Isabelline para entregarle un dibujo que le había prometido. Al llegar a la tienda me dijeron que se había ido a Marsella, al sur de Francia. Sentí mucho que no viera el dibujo, pero una compañera de trabajo le puso un correo electrónico allí mismo y le dio mi dirección y teléfono. A los pocos días recibí una llamada de Isabelline; acordamos que le iba a enviar el dibujo por correo y se lo envié.

Al llegar la primavera del 2001 regresé a Maryland. Fui a visitar los cerezos de Washington, D.C., que estaban en su esplendor. En esos días de estadía le hice varias copias de cuadros de Picasso a Jacques y un retrato a una señora millonaria que, al parecer, se creía adolescente.

Hice una réplica de Ophelia, del pintor Arthur Hughes, para Lorna. Pero el cuadro más imponente que hice en esa temporada fue uno de 60"x42" de mi nieto Daniel, sentado en el suelo al lado de la chimenea y rodeado de sus juguetes, incluyendo varios aviones que yo le regalé. También he hecho pinturas de mis otros tres nietos que les he regalado por sus cumpleaños. Esa fue una estadía de tres meses y el despedirnos no fue fácil. Mi hija Lorna y yo nos dijimos adiós con lágrimas en los ojos.

El tiempo seguía pasando y no había hecho mucho en relación con mi proyecto. Carina me llamaba con frecuencia desde San Francisco y siempre conversábamos por más de una hora. A veces sobre la posibilidad de que yo los visitara y otras sobre un plan para viajar juntos a París.

—Quiero ir a París. Que te quede bien claro. Quiero ir a París contigo. Ya hablé con mi padre acerca de viajar contigo a París y está muy de acuerdo —me dijo un día.

En otra ocasión me contó que había leído el libro Memorias de una Geisha y que le había gustado mucho. A los pocos días lo saqué prestado de una biblioteca pública. Esa noche leía el libro y pensaba en ella cuando leí el párrafo que decía: "Sayuri —me dijo— no sé cuándo volveremos a vernos o cómo será el mundo cuando lo hagamos. Puede que los dos hayamos visto muchas atrocidades para entonces. Pero siempre que necesite recordar que en el mundo hay belleza y bondad, pensaré en ti."

Pensaba que eso era lo que me ocurría con Carina. Y justo en ese mismo momento sonó el teléfono.

—He decidido separarme de mi esposo —me dijo—. ¿Cuándo nos podemos ir a Europa?

—Cuando quieras y podemos trabajar en nuestro proyecto juntos desde cualquier lugar.

La conversación de ese día me reconfortó y me ilusioné más con nuestro proyecto. Me decía que la llamara siempre que me sintiera solo; a mí su voz me causaba gran emoción. Era como si saliese el sol.

La única ilusión de mi vida era pintarla a ella, pero no me podía deshacer de los encargos de trabajo para poder dedicarme únicamente a mi obra. Estaba demasiado ocupado; hacía varios cuadros orientalistas para Jacques. También conseguí un par de clientes nuevos. Michel era un francés de origen marroquí, viejo cliente de Jacques y dueño del Hotel Peter Miller de South Beach. Tenía buenas referencias de mí y me encargó una réplica de un cuadro de Monet, así como la confección de un mural para el hotel que se llamaba La Dama de Sol. Apareció también otro cliente que me ordenó una réplica del cuadro La Adoración de los Pastores, de El Greco, que está en el Museo del Prado en Madrid.

Al cuadro que estaba pintando para regalarle a Carina por su cumpleaños solo le había agregado un violín y el sobre de aquella carta que ella me había enviado y yo había empezado a quemar.

La concertista

Durante una salida con un amigo comisario de arte, éste me dijo que había conocido a una violonchelista que tocaba en The New World Symphony que podría ser una gran modelo para pintar; además, él ya le había hablado de mí y ella parecía entusiasmada por conocerme. A los pocos días mi amigo vino de visita con Kathy, la violonchelista. El encuentro fue interesante porque le conté de una experiencia que había tenido hacía algunos años cuando, estando acostado, se me habían aparecido tres violinistas iguales, vestidas de negro.

Ella me preguntó accidentalmente:

—¿Cuándo le ocurrió esto?

—El 25 de febrero de 1979.

—Ese día nací yo —dijo.

Kathy nos volvió a invitar al próximo concierto de la orquesta sinfónica.

Fuimos al concierto y antes de entrar le tomé unas cuantas fotografías a Kathy en la terraza del Lincoln Theatre de Miami Beach. Luego bajamos a la taquilla y nos dio dos boletos para invitados. Vimos toda la función y, por primera vez, experimenté el exquisito privilegio de que una violonchelista de una orquesta me sonriera desde el escenario al verme.

Una noche estaba en mi estudio enfrascado en el cuadro La Adoración de los Pastores, cuando recibí una llamada de Kathy: estaba en el vestíbulo del edificio y venía a invitarme a salir por South Beach. Vino con unos patines puestos y una gorra en la cabeza. Me traía un catálogo donde aparecían instrumentos musicales. La razón para traérmelo era permitirme ver el arco del violín en detalle. Pero lo más importante era que me traía de regalo un casete grabado donde ella interpretaba al chelo varias piezas musicales de Johann Sebastián Bach.

Me dijo que quería pintar conmigo. Le puse un lienzo en un caballete y una mesa con pinturas.

—No te daré ninguna sugerencia —le dije—, pinta lo que desees.

Se esmeró y pintó un violonchelo con figura de mujer; tenía dos brazos y se tocaba a sí mismo. En la parte de arriba tenía sus dos pechos y más abajo, en la curva, su pubis. La cara era supuestamente la de ella, copiada de una de las fotografías que le hice. Se pasó todo el día conmigo y a partir de entonces empezó a visitarme con más frecuencia para trabajar en esa pintura. Me entusiasmaba mucho tener una musa concertista.

Le regalé un dibujo por su cumpleaños. Para hacérselo utilicé una de las fotografías que le había tomado en el Lincoln Theatre. Fui con mi amigo varias veces a ver a Kathy a los conciertos. Después, nos reuníamos los tres e íbamos a tomar algo a algún café.

En una ocasión me trajo una fotografía donde aparecían ella y dos violinistas de The New World Symphony en una playa, cada una tocando su instrumento. Lo hacían igual que en mi visión en el día de su nacimiento.

Una mañana me llamó de repente Kathy para invitarme a desayunar. No me gustaban estas cosas improvisadas. Me gusta preparar las cosas con anticipación. Pero ella no era así y era muy pronto para imponer mis reglas. Kathy andaba con su violonchelo, y como no quería dejarlo en el automóvil, nos fuimos a la pastelería con el chelo y todo. Ella era así de espontánea y lo que me gustaba de Kathy era que no tenía tatuajes, no tenía aretes en otras partes del cuerpo, solo uno en cada oreja, y tampoco fumaba. También me gustaba mucho su forma conservadora de vestir; en una ocasión le elogié una falda floreada muy linda que traía puesta y me dijo que la había comprado en Barcelona, durante una audición que tuvo en España. Me encantaba hacerle fotografías mientras ella tocaba su chelo y escuchar sus recomendaciones sobre el tipo de violín que debía acompañar a mi violinista de la Sinfonía.

Por mucho que me repetía que tenía que comenzar las pinturas de la Sinfonía Blanca, no lograba encontrar el espacio para avanzar. Entre las mujeres que, de repente, aparecían en mi vida y los encargos de Jacques, me resultaba casi imposible enfocarme en mi proyecto.

A principios del mes de abril de 2002 fui con Jacques a su finca de Hogansville, en el Estado de Georgia, porque él se iba en septiembre a Saint Tropez, como lo hacía cada año. Y esta vez yo le llevaba, entre otros, los siguientes cuadros hechos por mí: el expresidente de Francia, François Mitterrand, jugando futbol; el expresidente de los Estados Unidos, George Bush, montado en la esfera terrestre; el Príncipe Alberto de Mónaco con un traje algo raro; el diseñador de moda Francés Yves Saint Laurent, vestido de novia; la Mona Lisa de Leonardo Da Vinci, desnuda; el actor norteamericano Al Pacino, vestido de torero; el expresidente de Francia, Jacques Chirac; la actriz norteamericana Marilyn Monroe, desnuda; y dos personajes más a los que no me importó tratar de reconocer. Todos hechos de forma burlona, satírica.

En esos primeros días de abril le mandé a Carina una postal con motivo de su cumpleaños. Era su rostro dibujado por mí a lápiz con el medallón que tanto me gustaba. La llamé y conversamos un largo rato.

Pasé unos días lindos en Hogansville, disfruté de una paz muy grande, pues era una finca en las afueras del pueblecito. Jacques tenía, entre otros animales de granja, caballos, conejos, gallos y gallinas. Martina, su esposa, me cocinaba platillos vegetarianos y me servía de traductora, ya que hablaba un poquito de español. A las tres de la tarde, todos los días, me iba con Jacques al gimnasio.

Jacques hacía reuniones frecuentes con distintas amistades. En una ocasión invitó a unos parientes de una chica francesa que se estaba pasando unos días en la finca con nosotros. La fiesta fue al aire libre en el jardín. La chica que estaba de visita fue al baño con una de sus parientas, una negra hermosísima, y cuando bajaron le dijo a Jacques que yo le había gustado mucho a la morena. Jacques me tomó de la mano, me levantó de la silla y me sentó al lado de la chica en el sofá. Cogió las manos de ambos y las unió. Todos nos reímos, pero nos quedamos cogidos de manos. Jacques, con un par de copas en la cabeza, me decía:

—¡Bésala!¡Bésala!

Pero yo no lo hacía. Durante sus reuniones yo parecía un tonto entre aquellas personas que hablaban francés, sin que yo entendiera nada. Pero siempre, al terminar las fiestas, salía con una conquista nueva, incluyendo a la secretaria de Jacques, que continuamente me invitaba a salidas y cenas. Y la propia hija de Jacques, Nicole, en una ocasión le dijo al padre que yo era su *sex symbol*. Como Martina hablaba bastante bien el español, y era mi intérprete en todo, con ella era con quien yo más conversaba.

En una ocasión, durante el almuerzo, Jacques comentó con Martina y conmigo:

—No sé qué tiene Manuel, no habla, no hace nada y las mujeres se enamoran de él. ¿Cuál es tu secreto Manuel?

—Quizás sea eso que usted dice, el no hacer nada.

La pintora

En esa época también conocí a una mujer muy talentosa que compartía conmigo uno de los dones más maravillosos que pueda poseer el ser humano, el de la pintura. Una mañana caminaba por la avenida Collins, en South Beach, cuando vi en una galería cuadros de una pintora que había visto en un programa de televisión donde le hacían una entrevista. Me habían gustado mucho, tanto su pintura, como su personalidad. Entré a la galería y me puse a mirar los cuadros. Del interior salió una mujer muy bonita y se quedó mirándome por unos segundos.

—¿Usted es pintor, ¿verdad? —me preguntó.

—Sí, ¿Cómo lo sabe? —le contesté.

—Eso se nota —concluyó.

Era tan bella que yo pensé que sería una empleada de la galería, ya que en South Beach acostumbran a contratar caras lindas para promover las ventas, pero me aclaró que ella era la artista. Conversamos un rato acerca de su pintura, que me gustó mucho porque transmitía un mensaje místico muy limpio. Nos despedimos con la idea de volver a vernos. Enseguida comencé a soñar en la posibilidad de tener una musa que fuera pintora.

Al cabo de un tiempo volví al sitio, pero la galería ya no existía. Me apesadumbró porque ella me había resultado muy simpática y ni siquiera le había dado mi número de teléfono; tampoco había tomado el de ella. Pasó largo tiempo y en enero del 2003, andando por Española Way, en South Beach, vi una galería con sus cuadros. Entré y allí estaba ella. Ese mismo día, en la tarde, estábamos tomando un té en mi estudio. Le gustaron mucho mis pinturas y quedó fascinada con los dibujos de la Sinfonía Blanca, que para entonces ya había comenzado a esbozar. Desde ese día comenzó a venir con frecuencia para conversar de arte. "Este ambiente artístico me hace sentir bien" —solía decir.

Otras veces yo pasaba por su galería. Veera –que ese era su nombre- se había convertido medio que en mi discípula. Venía con frecuencia a mi estudio porque habíamos comenzado a hacer un cuadro para que aprendiera la forma en que yo pinto a las personas. Ella quería añadir la figura humana femenina a sus cuadros y le interesaba conocer mi técnica. Su compañía me entretenía y agradaba mucho. Salíamos a caminar por la playa a menudo y también frecuentábamos restaurantes y cafetines de South Beach. Incluso acordamos pintar un cuadro entre los dos, una composición que uniese ambos talentos. La pintaría sentada en una silla frente a un caballete, pintando un cuadro, y ella pintaría el cuadro del caballete con una pintura mística de las suyas.

Mi relación con Veera siempre fue cordial y de admiración mutua. Pero hubo algo que fue cambiando mi visión de ella. En cierto momento le comenté que a mí lo que me gustaba era la paz interna más que el dinero. Ella me contestó que para ella lo más importante era una buena cuenta en el banco. Después de pasar varios meses compartiendo veladas y tertulias de arte, de repente dejamos de vernos. Para finales del año 2005 recibí una llamada de ella. Me dijo que hacía tiempo que no llamaba porque había estado muy ocupada debido a que había tenido un niño. No me había dicho nada porque quería estar segura de que todo saliera bien; ella ya tenía sus 43 o 44 años y debía de tener cuidado con el embarazo. Me alegré de la noticia de que se había convertido en mamá y quedamos en que me visitara en algún momento.

La musa de Ramón Pichot

Partí rumbo a Barcelona y me quedé alojado en el apartamento de Margaret. Había pasado mucho tiempo sin vernos.
En ese primer día de mi estadía salimos al banco para cambiar
dólares por euros, y como eran las tres de la tarde, nos fuimos a
un cafetín a tomar café con leche con *croissant*s. Después regresamos a su apartamento y me acosté porque estaba agotado
del viaje. Me desperté alrededor de las siete de la noche y allí
estaba Juan, su amigo de toda la vida. Nos conocimos personalmente por primera vez. A la mañana siguiente Margaret y yo
salimos temprano de paseo por el Barrio Gótico, las Ramblas y
por el Paseo de Gracia. Alcanzamos a comer en un restaurante
vegetariano muy bueno tipo buffet y ahí comenzamos a conversar sobre nuestra relación.

—Para ti no ha sido tan dura la separación como para mí. Lo
has superado todo más fácil —me dijo y comenzó a llorar.

Y es que Margaret llevaba muchos años en mi vida.

Yo salí de Cuba para España en el 1970. Viví tres años en
Madrid y, por cuestiones de trabajo, me trasladé a Barcelona.
Estaba viviendo en casa de un amigo catalán que tenía un labo-
ratorio para revelar películas de cine. Llevaba tres días en Barcelona cuando una mañana fui al correo central para enviarle un
telegrama-carta de noche a mi familia en La Habana, a fin de
que supieran donde yo estaba. Al hacer el pago una joven a mi
lado me preguntó por qué me habían cobrado tan poco por un
telegrama tan largo mientras que, a ella, que enviaba uno muy
corto, le querían cobrar tanto. Le respondí que el mío lo enviarían en la noche, mientras que el de ella lo enviarían de inmediato.

—Entonces voy a enviar el mío por la noche —dijo, y comenzó a redactarlo.

Yo me marchaba cuando me dijo:

—Espérate que yo termine.

Cuando terminó su telegrama salimos juntos. Nos fuimos conversando al Monumento de Cristóbal Colón y seguimos por Las Ramblas. Me comentó que ese telegrama era para su novio y que se marchaba para unirse a él. Me dijo que ella era modelo de un pintor y me contó la historia de cómo consiguió ese trabajo. Posaba tres horas diarias, cinco días a la semana. Tomamos un café y quedamos en vernos esa misma noche, a las nueve, en ese mismo lugar. Al despedirse me dice:

—Mi nombre es Margaret.

—Yo me llamo Manolo —le dije, con timidez.

—Ese nombre no me gusta —replicó Margaret—. Desde hoy te llamarás Manuel.

Lo cierto es que mi nombre era Manuel, pero me había acostumbrado a que me llamaran Manolo desde la infancia. Incluso así me llamaban en mis tiempos de piloto civil y de dibujante, en Cuba.

—Tengo dos pasiones, la aviación y la pintura. El piloto se llamaba Manolo, el artista puede ser Manuel.

Y con eso, acordamos vernos esa misma noche.

Llegué a la cita y, por más que buscara, no encontraba a Margaret por ninguna parte. Hasta que miré hacia un lado y vi a una joven muy bella con un poncho verde que me miraba y se reía, era Margaret.

—Llevo rato mirándote mientras me buscabas y pasaste a mi lado sin reconocerme —dijo, reclamándome.

Estaba tan cambiada que no la reconocí. Tomamos algo allí y me dijo:

—Te voy a llevar a un lugar que te va a gustar mucho.

Nos fuimos a un restaurante en cuya entrada había un letrero que decía "La Oveja Negra". Era un sitio muy acogedor. El piso y los muebles eran de madera rústica; había una chimenea donde la gente tostaba pan con unos pinchos largos que después mojaban en aceite de oliva con ajo. La música era muy baja y suave, apenas se percibía. En el centro había mesas con sillas y, junto a las paredes, unos bancos con respaldares. Lo más interesante de todo es que había una oveja negra grande, viva, en el lugar. Se escuchaban sus paticas sonando sobre la madera, se acercaba a las mesas y se quedaba un rato esperando a que le pasaran la mano por la cabeza. Estuvimos ahí hasta altas horas de la noche y luego tomamos un taxi; la dejé en su apartamento y me fui al mío. La llamé a la siguiente noche para invitarla a salir de nuevo, pero me dijo que era muy tarde y que mejor lo dejábamos para otra ocasión.

Nos volvimos a reunir en La Oveja Negra, y ya Margaret estaba allí tostando pan acompañada de un señor. Después de que el señor se marchara, le dije que cuando tuviera una cita conmigo no me esperara con nadie. Me explicó el motivo.

—Él es fotógrafo y recién acabamos una sesión fotográfica esta tarde. —dijo, como explicándole a un niño.

—De todas formas, no vuelvas a hacerlo —dije con autoridad.

Y ella me miró con cara de "¿Qué se habrá creído éste?", pero no dijo nada.

Nos sentamos en los bancos. Ella pidió un helado y yo un whiskey en la roca. No era muy tomador, pero pedí eso para calmar el enfado. Al principio los dos estábamos tensos, pero poco a poco la situación se fue suavizando. Le conté parte de mi vida y ella también me contó de la suya. Se acostó a lo largo del banco con su cabeza sobre mis muslos y yo le acariciaba el cabello mientras conversábamos. Le conté que el apartamento del amigo donde estaba hospedado era muy viejo, heredado hacía muchos años. Tenía una sala y un pasillo central con varias habitaciones a cada lado. Yo había escogido una al final que no tenía ventanas; tenía una cama toda desvencijada y una bombilla solitaria colgando del techo que apenas iluminaba. Me dijo que quería verlo y nos fuimos al apartamento. Al llegar, ella se sentó en una silla vieja y coja que había en una esquina y yo en el borde de la cama. Como la silla estaba coja ella vino y se sentó a mi lado. Yo empecé a tocarla por el cuello, admirando lo largo que lo tenía.

—Vas a tener cuello para rato —me dijo.

—¿Por qué? —dije yo.

—Porque es largo —dijo ella, pasándose la mano por la parte de atrás del cuello.

—Me gusta la mujer con cuello largo —agregué.

—Bueno, pues ahí lo tienes —finalizó Margaret.

Nos pasamos toda la noche haciendo el amor y conversando. Conversando y haciendo el amor. Cuando suponíamos que había llegado la mañana nos levantamos hambrientos y dispuestos a tomar desayuno. Al salir, quedamos asombrados al ver que era de noche. Como el cuarto no tenía ventanas, no nos enteramos del amanecer ni del siguiente anochecer. Nos fuimos a comer y lo hicimos opíparamente, una mescolanza de espaguetis con tomate y de arroz a la cubana. Al terminar, Margaret me volvió a insistir:

—Desde hoy no te llamarán más Manolo, te llamarás Manuel y serás vegetariano.

Nos mudamos a un apartamento en la Calle Montserrat en el barrio chino, cerca de Las Ramblas. Margaret se olvidó de su novio y desde ese día estuvimos cinco años juntos sin separarnos. Han pasado muchos años desde ese encuentro y todos me llaman Manuel. También soy vegetariano, incluso más estricto que ella. Tuvimos una relación apasionada y tormentosa. Yo era celoso y posesivo. A ella le encantaba provocar mi enfado para después humillarse y tener sexo intenso. Desde el primer día le dije que era casado y con dos hijas. Que cuando lograra sacarlas de Cuba estaría un tiempo con mi familia y después me divorciaría. A pesar de que nuestra relación era violenta e insoportable, nos amábamos.

Mi amigo Roberto, que vivía en Madrid en aquella época, me decía: "Entre ustedes lo que existe es una relación erótico sexual exclusivamente".

Nos peleábamos mucho, pero al final terminábamos en el mismo lugar: la cama. Yo estaba flaco de tanto follar: lo hacíamos en la noche, en la mañana antes de levantarnos y al mediodía después del almuerzo. Nos separábamos y volvíamos constantemente. En una ocasión ella se fue para Torremolinos, en Andalucía, y yo para Madrid. Nos habíamos separado definitivamente. Me hospedé en un hostal y me sentí tan solo que fui al apartamento de mi amigo Roberto para desahogarme un poco. Era cerca de la una de la tarde. Roberto me abrió la puerta y salió corriendo porque tenía a alguien al teléfono.

—Es Margaret —me dijo—. Pero no debe saber que tú estás aquí. Esa relación es muy destructiva y debes terminarla. No hables con ella —finalizó.

No le escuché, y a las diez de la noche de ese mismo día estaba yo en el aeropuerto de Barajas esperando a Margaret. Tomamos un taxi. Me contó que se había quedado en casa de una señora amiga de ella. Me dijo que había ido al cine con el hijo de la señora, y esto causó que tuviésemos una discusión tremenda. Acabamos en la cama de la pensión donde yo estaba y nos pasamos la noche discutiendo y templando. Nos separamos. Yo me fui a Miami y Margaret se quedó en Barcelona. Pero al poco tiempo Margaret vino para Miami. Conseguí un apartamento en Miami Beach. Le conseguí una visa de estudiante y se quedó conmigo. Fue un año de sexo, pasiones y peleas. Hasta que definitivamente nos separamos. Margaret volvió a Barcelona y yo me quedé en Miami, destruido sentimentalmente. Un buen día llegué a la conclusión que debía olvidarme de Margaret y rehacer mi vida. Me compré un automóvil Chevrolet Montecarlo y me busqué un apartamento en Coconut Grove donde puse mi estudio de pintura. Por allí desfilaron mujeres de todas las nacionalidades y razas.

Hasta que apareció Ligia.

La mujer de mi vida

A finales de 1976 recibí una carta de Margaret. La boté a la basura sin mirarla. Había tirado ya sus fotografías y todo lo que había quedado de ella.

A los 12 años de separarnos, Margaret y yo nos volvimos a encontrar. Ella vino a Miami, nos pasamos un mes juntos y hasta planeamos que yo me fuera a vivir con ella a Barcelona. Pero al final, yo mismo desistí. Pasaron otros siete años y regresó para pasarse un mes, que terminó siendo solamente tres días: ya no nos adaptábamos, mejor dicho, no nos soportábamos. Al cabo de un tiempo supe por Roberto que se había casado con un japonés.

No tenía trato con ella, hasta que una madrugada me despertó el timbre del teléfono: era Margaret. Estábamos a mediados del 2002 y yo estaba trabajando en dos dibujos de Carina de la colección de la Sinfonía Blanca.

—Hola Manuel, soy Margaret. Te llamo para pedirte un favor: deseo que vengas a vivir conmigo.

—Pero tú estás casada, tengo entendido.

—Estaba casada; él se suicidó. Yo estoy muy deprimida y me hace falta que estés conmigo. Me dejó dos apartamentos aquí en España, la peluquería en Barcelona y otro apartamento en Japón. Si yo me muero primero que tú, todo será para ti. Y si no, lo compartiremos juntos. Pero te necesito en estos momentos.

—Acabo de despertarme Margaret, y no puedo tomar una decisión en cuanto a las propiedades que te dejó tu marido, pero cuenta con que estaré contigo cuando me necesites —le dije.

Cuando finalmente pensaba que había terminado mi relación con Margaret, por el año 1977, una tarde, estando en una pizzería de Coconut Grove, bebiendo una cerveza, sentado solo en una mesa, observé a dos chicas muy guapas comiendo pizza y conversando con un camarero que limpiaba una mesa. Noté que ellas me miraban y hablaban posiblemente de mí. Después supe que él les dijo que yo era Manuel, el pintor de mujeres. Al poco rato, Ligia y Joyce —que así se llamaban— estaban en mi apartamento mirando mis pinturas y tomando jugo de naranja con vodka. Antes de marcharse las invité a cenar. Asintieron, y volvieron a mi apartamento en la noche para salir. Yo estaba planchando la camisa que iba a usar. Se rieron mucho cuando les dije que la plancha era lo único que me quedaba de mi relación con Margaret. Fuimos a cenar y después Ligia y yo regresamos a mi apartamento para tomar una copa de Amaretto. Desde esa noche Ligia se quedó a vivir conmigo, convirtiéndose en la mujer que yo más he adorado en mi vida.

A la fecha, han pasado 31 años desde nuestra separación y aún la sigo amando. No era bella, pero tenía un cuerpo despampanante. Con unas nalgas preciosas. Era nacida en Nueva York. Tenía 23 años y yo, 41. Era el ser más dulce que he conocido en mi vida. Nuestra relación era maravillosa. Hasta que un día cometí el error de leer un diario en el que ella escribía. Había sido amante de un señor de mucho dinero. Esto me torturó tanto que un día se lo eché a la cara.

—¿Fuiste amante de un hombre casado?

—Sí, estuve con él hasta el día en que te conocí. Siempre había querido un hombre como tú, eso fue solo un error en mi vida.

Yo la amaba profundamente y tenía con ella el mejor sexo de mi vida. Pero su pasado me atormentaba y un día discutimos tanto, que ella tomó un avión y se fue para Nueva York. Me dijo que jamás la volvería a ver. Al día siguiente me llamó y me dijo que quería regresar. A los pocos días regresó y nos mudamos para un apartamento donde éramos felices haciendo planes para el futuro. Pero a pesar de que era la mujer de mi vida, no podía soportar su pasado.

Le había dicho lo mismo que a Margaret, que yo era un hombre casado y con dos hijas, que eran lo más importante en mi vida. Que mi relación sentimental con la madre de ellas había terminado, pero que la situación legal tenía que mantenerse hasta que yo lograse sacarlas de Cuba. Ella entendió y estaba dispuesta a esperar el tiempo que fuera necesario.

Ella me repetía una y otra vez, con gran dulzura y delicadez, que yo era el hombre de su vida. Pasé los días más felices de mi vida con esa mujer. Donde quiera que íbamos la gente se quedaba mirándola, ya que era muy alta y tenía una figura muy atractiva. Hacía lo que yo deseara sin objetar nada y dejaba de ser ella misma con tal de complacerme. Cuando yo estaba pintando se echaba en el piso al lado mío a leer un libro hasta que yo terminara. Comenzamos a hacer planes de vida juntos y visitábamos casas para comprar, mirábamos muebles para adquirir. Siempre pensamos en tener dos hijos y ella hasta había escogido los nombres. Ya llevaba doce semanas sin tener la menstruación y decidimos tener el bebé. Pero a pesar de todo, el pasado de Ligia martillaba mi mente.

—Yo siempre deseé tener un hombre como tú. Cometí el error de estar con ese señor, pero no puedo borrarlo. Si pudiera, yo lo haría para que fueras feliz. Pero no puedo —me decía constantemente.

Un día le reproché:

—¿Por qué estabas con él si no era el amor de tu vida? ¿Estabas por su dinero? ¿Sabes cómo le decimos en nuestro idioma a las mujeres que están con hombres por dinero? ¡Putas!

—No me verás más — me dijo. Y se marchó.

Yo, engreído, pensé que ella no podría estar sin mí y que regresaría enseguida.

No he sabido jamás de Ligia.

Los primeros días de su partida sentí que el mundo se me derrumbaba. Dejé el apartamento, pues estar ahí sin ella era una tortura.

Han pasado los años y todavía la amo profundamente. Quizás tenga un hijo mío. No me perdono el error de haberla dejado ir, de no haber ido a buscarla y de nunca haber averiguado si, en efecto, tuvo nuestra criatura. Me he conformado con el simple pensamiento de que ella siempre será mi musa amada.

Pasaron un par de años de mi separación con Ligia y finalmente mi familia pudo salir de Cuba. Viví tres años con mis dos hijas y su madre. Aunque la madre vivía con nosotros, no teníamos ninguna relación íntima. Solo lo hacía para proteger a mis hijas y encaminarlas en el nuevo país. A los tres años me fui a vivir a otro lado y mi exesposa se volvió a casar. Me instalé en un apartamento muy bonito y volvieron los tiempos de galán.

Acostumbro a sopesar las cosas, me gusta hacerlo todo sin prisa y con calma. Pero mis distracciones habían acaparado mi tiempo. Y lo peor era que, si me enfadaba con Carina porque actuaba en contra de mis expectativas, todo repercutía en el proyecto, porque perdía el entusiasmo por continuarlo. Por lo tanto, decidí olvidarme de ella y hacer algo con las fotografías que le tomé antes de irse para San Francisco. Quería comenzar con el cuadro que había visualizado en la playa de South Beach, a la altura de la Calle Tres.

Busqué todas las fotografías y encontré una muy adecuada por la posición y la expresión del rostro. Ya yo les había asignado medidas a los 21 cuadros: siete de 70"x49"; siete de 49"x35", y siete de 35"x21". Siempre múltiplos de siete, mi número favorito.

Compré un rollo de lienzo, de lino de la mejor calidad, y los bastidores pesados. Los bastidores vienen solamente en medidas pares por lo que traté de comunicarme con los fabricantes a ver si me los podían confeccionar a las medidas de mi preferencia, pero la gestión fue infructífera. El de 70 pulgadas lo fabricaban y no tenía problemas, pero para el resto sí. Compré todas las herramientas necesarias y los que compré de 50 pulgadas, los corté a 49. Compré un rollo de papel de 50 yardas por 48 pulgadas para hacer los dibujos. Hice un primer corte de 70 pulgadas de alto. Sería un estudio hasta ver en qué terminaba la relación con Carina. No podía imaginarme que ese sería el primer cuadro de la Sinfonía Blanca que hoy me cautiva tanto.

Dicen que Leonardo Da Vinci siempre que salía de viaje llevaba consigo el cuadro de La Mona Lisa. Si le preguntaban por qué, respondía que le resultaba difícil alejarse de la expresión más sublime de la belleza femenina. Parece que yo copié a Da Vinci antes de conocer su costumbre, porque siempre que viajaba me llevaba conmigo los dibujos de Carina, que serían mi pintura en el futuro.

Llegó el 2003 e hice otro viaje a Barcelona. Y nuevamente me reencontré con Margaret. Ella me contó lo difícil que había sido para ella olvidarme. Que se había dedicado a posar para el pintor español Ramon Pichot y habían hecho muchas pinturas. Que en muchas ocasiones posaba llorando y que Ramón le decía: "El cubano ese le ha llegado muy profundo a usted".

Me contó que había viajado casi toda Europa y que nunca había podido olvidarme. Me decía que yo, sin embargo, había logrado olvidarme de ella y hasta enamorarme de nuevo, que había sacado adelante a mis hijas y que se me veía feliz y contento.

—Sí, me siento feliz y ahora aún más con mi proyecto de la Sinfonía Blanca. —le contesté y le conté mi historia con Carina.

A la mañana siguiente me levanté y Margaret ya había traído unos *croissant*s para el desayuno. Nos pasamos el día juntos y me asignó un espacio para que yo pintara, ya que había planeado comenzar al día siguiente el primer cuadro de mi Sinfonía. Como iba a empezar mi proyecto por la tarde, salimos a darle un paseo a su perrito y a comprar una provisión de víveres en una tienda vegetariana. Me levanté temprano al día siguiente para al fin comenzar mi proyecto, en Barcelona. Me parecía surreal que mi verdadera pintura naciera justo en compañía de Margaret; después de todo, había sido ella la que en 1973 había despertado al verdadero pintor en mí. Antes de conocerla yo había sido un simple dibujante del Instituto Nacional de Reforma Agraria en Cuba. Esa mañana ella mostró interés en mi proyecto y me pidió que le enseñara lo que iba a pintar y yo, con entusiasmo de niño buscando su aprobación, le enseñé los diseños de los dibujos que había traído.

—Esa joven es bella, es un clásico —fue su primera observación.

—Sí, por eso la estoy pintando.

—¿No tienes ninguna relación aparte del arte con ella? —agregó, tratando de disimular que andaba indagando si había romance.

—No —le contesté.

—Pues a mí me parece que la amas porque hablas con mucha devoción de ella.

—Ramón te pintó a ti mucho, e incluso eras su preferida entre tantas modelos que él tuvo. Supongo que tú, que has trabajado con un pintor, entiendes estas cosas —le dije, levantando el tono de voz.

—Sí, pero noto cierta admiración hacia ella que va más allá de la pintura —continuaba Margaret.

—Ella tiene 23 años y yo casi tres veces su edad. —le dije, tratando de ponerle fin a la conversación.

—Eso no importa, podrías tener una relación con ella —continuaba diciéndome—. Podrías darte una licencia poética.

Me metí en la ducha, pero Margaret siguió con el tema. Yo adivinaba cierto nivel de celos. Margaret siempre había sido hermosa físicamente, pero los años ya opacaban esa luz que antes irradiaba. Se aferraba al recuerdo de sus buenos tiempos, arrastrando la cólera que albergan aquellas personas que estiman que su valor radica en la belleza de su piel. Me vestí, ella se fue para su peluquería, y yo salí a comprar un caballete. Me fui a la Calle del Cardenal Casañas, donde encontré una tienda de artículos de arte y un caballete bastante adecuado, aunque tan grande, que hubiera necesitado un vehículo para transportarlo. En vista de este inconveniente desistí, y me fui en rumbo a la tienda de música Casa Parramon en Carrer del Carme, donde pasé media hora mirando los violines que tenían, sin encontrar ninguno que me gustara. Como tenía concertada una cita con mi amigo Germán, a las cinco de la tarde llamé a Margaret para preguntarle dónde quedaba el restaurante vegetariano que habíamos visitado, para ir a cenar con Germán.

—Quiero decirte algo —me dijo.

—Dime.

—Quiero que te vayas de mi casa.

—Está bien —fue lo único que contesté.

Alrededor de las tres de la tarde regresé a su apartamento para cambiarme de ropa y salir con Germán. Al llegar me dijo que quería que me fuera que quería estar sola. Que podía ayudarme a encontrar un sitio donde pudiera hospedarme. Le dije que no, que lo mejor era que me quedara en casa de Germán y viniera más tarde a recoger mis cosas. Finalmente llegué a casa de Germán, le conté lo que me había sucedido con Margaret, y simplemente decidí irme a París. Le insistí tanto, que me llevó a la estación de ferrocarril que estaba a dos cuadras de donde estábamos, a comprar un billete de tren para las ocho de la noche del día siguiente. Y ahí se me ocurrió marcar el teléfono móvil de mi amiga Isabelline, la francesa que había conocido en la tienda de perfumes en Miami Beach. Me dio gran alegría que contestara. Me dijo que no estaba en París, pero que estaría de regreso pronto y, sin vacilar, me dijo que fuera para su apartamento.

Germán me dio una habitación en su casa de huéspedes esa noche, y fui al apartamento de Margaret a recoger mis cosas. Le dije que me iba a París al día siguiente. Me dio explicaciones sobre su deseo de estar sola y le dije que no se preocupara, que yo entendía. Era como revivir nuestros años de romance, con la diferencia de que ya ambos estábamos muy viejos para tanta bobería. Llegué a la conclusión de que hay que aceptar que la mayoría de las personas no nos entienda, pero, en realidad, no hace falta que lo entiendan a uno. En ese momento, yo tenía mi ilusión con mi Sinfonía, la quería compartir con Margaret, pero si ella, ciega de celos, no entendía, me era muy difícil explicarle. A lo mejor su instinto de mujer reconocía que mi arte dependía del encanto de la otra persona y que yo ya estaba entregado a ese embrujo. Su amigo Juan, que estaba allí, le repetía: "Tú misma no sabes lo mal que estás, no sabes lo que quieres".

Juan me ayudó a bajar las maletas. Nos dimos un abrazo de despedida y tomé un taxi rumbo a la casa de Germán.

Pese a mi deseo, el primer cuadro de la Sinfonía Blanca nunca comenzó en Barcelona. Me fui como llegué, con los dibujos de Carina enrollados en un tubo.

Llegué a la estación de París-Austerlitz al amanecer y tomé un taxi rumbo al apartamento de Isabelline. Marqué la clave de la puerta del edificio y entré. La llamé desde la entrada de la escalera por el intercomunicador y bajó. Nos dimos un gran abrazo y subimos a su pequeño y acogedor apartamento. Me di una ducha mientras Isabelline bajaba a la pastelería, y me entretuve mirando un libro que tenía en su pequeña biblioteca: era Bel Ami, novela de Guy de Maupassant; estaba escrito en francés. Cuando ella llegó me encontró con el libro entre las manos. "Yo leí este libro nueve años antes de que tú nacieras" —le dije, en cuanto ella entró por la puerta.

Regresó con *baguettes*, *croissants*, pan de chocolate y pasteles. Hizo un café con leche para mí y té para ella. Comí de todo acompañado de mermelada y mantequilla. Isabelline estaba preciosa, fresca, alegre y feliz. Después fuimos a la mansión de los artistas que estaba cerca de su apartamento y al barrio de Montmartre. Caminamos toda la mañana. También encontramos una habitación a pocas puertas de su edificio. Yo la había invitado a almorzar, pero ella insistió en cocinar en su apartamento. Hizo una pasta con salsa de pimientos rojos y verdes, tomates y albahaca. Luego tomamos un té de menta. El resto del día lo dediqué a ordenar mis cosas en el hotel y, además, a darle la oportunidad de que ella también pudiera ordenar sus cosas, puesto que había llegado de su viaje de Marsella y aún no había desempacado la maleta por atenderme.

Al día siguiente, a las nueve de la mañana, yo estaba en el apartamento de Isabelline, mi musa Parisina. Mientras ella se bañaba yo bajé a comprar un *baguette* y *croissants*. Ella preparó el desayuno y después me acompañó al Metro, a comprarme boletos de viaje para varios días. Ella tenía que reportarse a su trabajo y yo iba a pasear por París.

París tiene algo embriagador que anima a concebir muchos deseos. Para mí era maravillosa la idea de poder pintar a Carina en aquella ciudad, pero quería hacerlo con ella a mi lado, así que preferí esperar a que ella estuviera lista para compartir juntos la experiencia. Por lo que ni siquiera abrí los dibujos durante esta estadía.

Jacques estaba en Saint Tropez y me había encargado algunos trabajos, pero, igual, rechacé pintar, y me dediqué a disfrutar y a pasear por la ciudad. Pero esa libertad turística duró poco, ya que se acercaba la fecha en que debía entregar un encargo de nueve cuadros para el Restaurante Harrison en Miami, y regresé.

Le había escrito a Carina desde París y lo primero que hice al regresar fue llamarla. Me contestó su esposo y después de saludarnos me pasó a Carina. La noté un poco extraña. Me dijo que tenía problemas familiares. Que quería que nos fuéramos a Europa en el mes de julio (estábamos en marzo). Quedé muy ilusionado con la probabilidad y decidí entonces que comenzaríamos el cuadro juntos, posiblemente en París.

Mientras esperaba que llegara el verano para irme lejos con Carina, completaba una serie de cuadros para el restaurante Harrison. Estaba preparando un pedido de Jacques de una familia italiana de buena posición: tenía que pintar al padre, a la madre y a sus dos hijas, unas chicas de unos 20 años.

La espera se hacía al menos más llevadera con la esperanza de que pronto viajaríamos juntos a comenzar la Sinfonía Blanca. Conversábamos a menudo, pero no sé por qué misteriosa razón, en algunas ocasiones en que me llamaba por teléfono, yo percibía que estaban ocurriendo cosas extrañas con ella. A veces hasta se lo comentaba y ella comenzaba a llorar. "Tengo miedo; no soy quien tú piensas que soy"—me decía.

Al llegar el mes de mayo del 2003, Carina me llamó y me contó que se había separado de su esposo y que se había mudado a un apartamento con tres amigas. "Estoy feliz y lista para irme a París contigo en julio" —me dijo.

Yo no compartía esa felicidad. La noticia de su separación en realidad me disgustó mucho, pero, para empeorar la cosa, el tono de su voz era diferente. Pese a que me dijo que estaba tomando clases de violín y asistiendo a conciertos de música clásica, la notaba muy extraña, como si lo que decía era solo para complacerme. Yo ya no confiaba mucho en ella y percibía que me mentía. Así y todo, seguimos hablando de los pormenores del viaje a París y ella me llamó para confirmarme el día exacto en que comenzaban sus vacaciones para planificar la partida.

Tras la conversación pasé el resto del día muy mal; algo me decía que Carina estaba muy cambiada. Era un presentimiento muy raro. No pude seguir pintando tranquilo, aquella conversación me había trastornado. Ante todo, decidí no ir a París con ella y la llamé para hacerle saber mi decisión antes de que se animara más. No estaba. Pero le dejé un mensaje en que le decía que yo no podía ir a París para esa fecha por asuntos de trabajo. Después de dejarle el mensaje me quedé muy aliviado. Además, había tomado la decisión de no verla más nunca y cancelar nuestro proyecto.

Al siguiente día empecé a sentir su ausencia. La ausencia de alguien en quien yo había depositado mis ilusiones para mis pinturas y que había aprendido a amar. Pensé que ya jamás me llamaría, harta de tantos aplazamientos de todo lo que planeábamos. Ese mismo día, cerca de las ocho de la noche, sentía un vacío muy grande. Ya no tenía mi modelo adorada. Estaba solo. Quizás no la vería jamás. Estaba lavando un vaso cuando sonó el teléfono. Era ella. Nos saludamos cortésmente.

—Escuché tu mensaje. ¿Qué pasó Manuel?

Había tanto amor en su voz que todo mi enfado se borró de inmediato. Tenía ese poder sobre mí.

—No puedo ausentarme de Miami para esa fecha porque tengo que terminar los murales, ya que inauguran el restaurante alrededor del 15 de julio. Me pidieron que no viajara para poder terminar el trabajo.

—No importa Manuel. Entonces aprovecharé mis vacaciones para ir a Miami y verte. Así estoy contigo y veo a mi familia.

Es más, te invito a ir a casa de mi madre para que te conozca y pasemos unos días juntos.

Estuve muy de acuerdo en todo. Aunque, en realidad, lo que me pasaba era que no me gustaba la forma en que estaba viviendo. Traté de convencerme de que tenía que respetar su vida privada y no meterme en ella.

Un mes más tarde me visitó el padre de Carina. Habíamos hablado por teléfono varias veces, pero no nos conocíamos personalmente. Era un hombre muy majo y acepté su amistad de inmediato; más tarde pude palpar que tenía un gran interés comercial por los cuadros. En esa ocasión, vino con la madrastra de Carina y su suegra. Se quedaron fascinados con los dibujos que ya tenía hechos, los que fueron a Barcelona y París conmigo. Ya yo había pasado un par de ellos, del papel, al lienzo. Les hicieron varias fotos para mandárselas a la madre de Carina y fue ahí, cuando su padre me comentó que Carina estaba "bailando" en un sitio. Eso me desconcertó un poco. ¿Qué tipo de baile?

De nuevo se apoderó de mí ese sentimiento de rechazo hacia ella y un deseo arrebatado de destruir mi obra, que se había convertido en un homenaje a mi memoria de ella.

En 1993, cuando tenía una galería de arte en la zona de Coral Way, en Miami, pasé por una tienda contigua donde vendían antigüedades. Fui a ver al dueño para hacerle una pregunta acerca de una pintura. Pero como tenía de visita a una señora con su hija, no quise interrumpirle, y le dije que pasaría más tarde y que le invitaba a un café. La hija de la señora, una joven muy atractiva, enseguida preguntó:

—¿Y a nosotras no nos invita?

—Claro que sí. Vengan todos cuando terminen.

Al poco rato madre e hija entraban en mi galería. Hice el café y lo tomamos. Esa era la época en que estaba pintando cuadros utilizando como modelo a la amiga de mi hija Lorna.

Diana, que así se llamaba la joven de la galería, miró con detenimiento todos los cuadros y me dijo:

—Me gustaría ser tu modelo.

—Me gustaría que fueras mi novia —le contesté.

Desde ese momento empecé, medio en serio y medio en broma, a tratar de conquistarla. Estuvieron viniendo todos los días a verme por más de un mes. La madre era pintora y la hija estudiaba pintura. Llegué a tener un romance con la hija. No la tomé como modelo, pero sí le prometí un cuadro de ella de regalo para su casa. Salíamos juntos y muchas veces ambas venían a traerme comida. Yo llegué a acostumbrarme bastante a Diana.

Me atrevo a decir que estábamos enamorados. Hasta que ella empezó a hablar de separarse de su esposo y a proponerme que yo ocupara su lugar. Cosa que no acepté. Mi amiga la panameña me decía en broma:

—Manuel, te han dado agua de panti.

—¿Qué es eso? —le pregunté, con ingenuidad.

—Agua de las bragas, ¡Coño! —trató de explicarme.

Todo esto me hacía reír.

Una noche yo estaba en la galería con otra chica y no atendí el teléfono. Al día siguiente por la mañana el identificador de llamadas tenía registradas 63 llamadas de Diana. Bien temprano se me apareció en la galería. Diana tenía 29 años y yo 57. Era una chica muy perseverante y tenaz.

Así que cerré esa galería con el firme propósito de desaparecerme de la vida de ella, pero no resultó. Un buen día ella y su madre tocaron la puerta de mi apartamento de South Beach. No sé cómo dieron conmigo. Diana se había divorciado y me preguntó por su cuadro del desnudo.

Pasó algún tiempo y me dijo que se había casado de nuevo y que había tenido un hijo. Volvió a pasar algún tiempo, y me dijo que se había vuelto a divorciar, que se había quedado con una casa bastante grande y ahora quería que le hiciera su cuadro. ¡Ella quería su cuadro!

Como yo tenía mi conflicto interno con Carina en ese tiempo, decidí entretenerme haciéndole el cuadro a Diana. Ya hacía nueve años que la conocía y no le había terminado ningún cuadro. Vino el 17 de junio bien temprano en la mañana y nos fuimos a desayunar al News Café, en South Beach. Después comenzamos la sesión de pintura. Se desnudó y se acostó encima de un gabinete. Una tela verde olivo le cubría las partes íntimas. Unos días después volvió otra vez con la intención de posar, pero se tomó varias copas de Pouilly-Fuissé y se quedó dormida en el sofá del estudio. De pintar no hubo nada, ni tampoco de lo otro.

Ella se casó por tercera vez y tuvo una niña. Se divorció y volvió a casarse.

El lienzo estuvo exhibiéndose un tiempo en el restaurante Harrison de Miami Beach, pero con la imagen de otra mujer. El dibujo en papel de 48"x72" si lo había conservado porque me quedó muy bueno. Ella seguía con la ilusión de tener su cuadro y seguía visitándome frecuentemente. Así que la dejé que recogiera el dibujo y el lienzo y se los llevara a su casa. La pintura había quedado a medias y un buen día regresó con su lienzo para que se lo terminara.

Diana es hermosa y peligrosa. Es una de esas mujeres que es mejor mantener a distancia. Pero en medio de mi espera por el retorno de Carina, le presté más atención de lo necesario y traté de terminarle su pintura.

Antes de emprender el vuelo de San Francisco a Miami, Carina me llamó para decirme que vendría directamente del aeropuerto a verme.

—No se asuste cuando me vea. Porque me corté el cabello bien cortito —quiso advertirme.

—Yo te conocí con el pelo corto, así que no importa —le dije, para reconfortarla.

—Sí, pero es algo diferente, ¡ya verás!

—Qué bueno que nos vamos a ver al fin. No se te olvide traer el vestido blanco y el chal negro para hacer otras fotografías.

—Los llevaré y recuerde que vamos a pasar unos días en casa de mi mamá —me refrescó la memoria.

—¿Dónde te vas a quedar cuando vengas?

—En casa de mi tía.

Las horas que duró el vuelo de San Francisco a Miami se me hicieron eternas y las pasé dando vueltas en mi estudio, emocionado, acomodando los dibujos que ya había preparado y el cuadro que le hacía para regalarle. Finalmente me llamó el padre de Carina para decirme que ya la habían recogido en el aeropuerto y que estaban llegando a mi apartamento en Miami Beach. Bajé la escalera y me paré en la reja de la entrada que da para la Calle Cuatro. Al poco rato vi un automóvil que se estacionaba a mediados de cuadra y a su padre que se bajaba. Fui caminando a su encuentro. Se bajó la esposa, el hijo pequeño de ella, y, por último, mi musa.

Al verla sentí que todo se derrumbaba a mi alrededor. Era otra. Se había afeitado los dos lados de la cabeza y se había dejado una cresta al centro que parecía un erizo pintado de

136

amarillo. Estaba más delgada. Su piel no era tan blanca y radiante. Se veía mustia, extraña, fea.

Nos dimos un abrazo muy fuerte sin decirnos una palabra. El padre, su esposa y el niño nos miraban, como observando la reunificación de dos seres muy queridos. Ella me frotaba la espalda con sus manitas y yo hacía lo mismo. Sentía su olor de siempre a pesar de su cambio físico. Cuando al fin nos separamos, nos quedamos mirándonos un rato.

—Mira lo que me hecho en el pelo —fue lo primero que dijo.

—No importa. El cabello vuelve a crecer —le dije para animarla.

En escncia era la misma Carina, me decía, dándome ánimo a mí mismo. Pero en el fondo sabía que todo había cambiado. No solamente era el cabello. Toda ella había desaparecido. Hubiera querido no volver a verla jamás y quedarme con el recuerdo de la imagen del último día que la vi, antes de irse a San Francisco.

Caminamos un corto tramo hasta la reja de la entrada del edificio. Subimos la escalera hasta el segundo piso donde tenía el estudio. Ya adentro, ella miró los dos primeros dibujos que tenía hechos y el cuadro que era su regalo. Ese ya estaba trabajado con óleo; lo había pintado a partir de una fotografía donde ella estaba de medio perfil con los ojos cerrados, la cabeza alzada mirando hacia el sol. Le había agregado un violín en la pared y el sobre de su carta.

El dibujo del cuadro que sería el número uno de la Sinfonía estaba en un papel grande sobre un lienzo. Se quedó fascinada con los dibujos porque al fin se había iniciado nuestro proyecto.

El padre nos dijo que ellos irían a dar una vuelta por la playa para que nosotros pudiéramos conversar tranquilos. Les dije que cuando regresaran los invitaba a cenar. Ella estaba un poco nerviosa y yo también. Aunque ambos tratábamos de comportarnos lo más natural posible. Me dijo que ese cambio en el cabello se debía a que estaba haciendo algunas fotografías para modas, pero que no le pagaron. Conversamos de muchas cosas, pero todo sin sustancia.

Trataba de ser el mismo, pero no podía; estaba frío, ausente, decepcionado.

Me preguntó si podíamos hacer unas fotos al día siguiente pues había traído el vestido, el chal y una peluca negra larga, igual a como tenía el cabello antes. Le dije que sí sin ningún entusiasmo.

—Pero tendrás que venir de Miami a la playa mañana, ¿no?

—No, esta noche me quedaré aquí en la playa, en el apartamento de unas amigas. ¿Qué significa esa carta en el cuadro mío?

—Bueno, te contaré la verdad. Yo estaba muy enamorado de Liana, como tú sabes, y un amigo de su esposo se fue a vivir con ellos. A mí eso me disgustó mucho porque sé lo que puede ocurrir cuando una mujer trae a vivir a su casa a un segundo hombre. Todo eso me disgustó y me llevó a separarme de Liana. Entonces busqué refugio en ti, y la verdad es que estaba muy contento. Me iba a olvidar de ella y dedicar exclusivamente a ti, a mi violinista, y a mi proyecto.

Yo pensaba: "ella sí es una joven íntegra y me hace feliz como es". Pero cuando me dijiste que tú y tu esposo se habían mudado a la casa de un amigo, eso fue como enseñarle la cruz a un vampiro. Tomé mis maletas y me fui para España. Cuando regresé había recibido carta tuya; decidí no abrirla y fui directamente a la cocina, la puse en la hornilla para quemarla. Pero al ver que el sobre provenía de Miami Beach, quité la carta rápidamente del fogón y decidí leerla; el sobre ya se había empezado a quemar.

Le mostré la carta con la marca de la hornilla, con unos círculos color café.

—Para mí es algo importante, por eso la pinté en ese cuadro, pero el cuadro es apenas un estudio. En el verdadero cuadro final, el de Sinfonía, tu imagen será más pequeña; en éste el rostro es más grande, pero no me gusta pintar fuera de escala.

Se sentó en mi banco de hacer pesas y me dijo que también estaba haciendo ejercicios. Me fijé en sus brazos y me di cuenta de que ya no eran los brazos delgados y femeninos de antes.

Al fin llegaron el padre, su esposa y el niño, cosa que me alegró mucho pues, la verdad, no me sentía identificado con aquella joven que no tenía nada que ver con mi musa. No era solo su imagen física la que había cambiado: parecía un cuerpo casi sin vida; el brillo de sus ojos y su energía resplandeciente habían desaparecido. Bajamos todos y decidimos ir caminando al restaurante.

—Tengo entendido que te quedarás en la playa en el apartamento de tu amigo —le dijo su padre con mucha naturalidad, o quizás con mala intención para que yo escuchara. Ella, turbada y sin mirar, dijo:

— ¡Sí! —hubo un largo silencio y seguimos caminando.

Al poco rato Carina habló.

—Son dos amigas y un amigo; es un apartamento en la 12 y la Avenida Washington, acá en la playa.

Yo no dije nada, simulé no escuchar. Caminábamos separados, ellos en grupo y yo solo, callado. Carina se me acercó y me dijo:

—Déjame ir contigo.

Yo aparentaba indiferencia, pero por dentro me sentía jodido y con rabia. Me había engañado. Mi mente trataba de desentrañar por qué me había dicho originalmente que se iba a quedar con una tía, cuando sabía que se iba a hospedar con amigos. Ella estaba callada y se le veía preocupada; a ratos chasqueaba la lengua como fastidiada por haber sido delatada.

Continuamos caminando hablando babosadas, y de repente:

—Tú vas con nosotros a visitar a la madre de Carina, ¿verdad? —dijo su padre, como para estar seguro de que yo iría después de lo que había visto y escuchado.

—Sí, claro —le contesté. ¡Pero ni muerto iba a ir!

A Carina se le comenzaba a notar nerviosa.

—Es mejor que vayamos otro día tú y yo solos al restaurante —dijo Carina, mientras pasábamos por una heladería.

—Mejor vamos a tomar un helado aquí con ellos y mañana nos reunimos tú y yo.

Nosotros íbamos delante. Los otros nos dieron alcance y Carina les dijo que era mejor que nos comiésemos un helado. Entramos en la heladería, cada uno seleccionó un helado y nos sentamos en unas banquetas altas. Carina estaba muy callada. Yo hablaba con su padre y la esposa de éste sobre distintos temas que ni vale la pena recordar.

—Estás muy callada, Carina —le dije.

—No, estoy oyendo la conversación —respondió ella.

—Creo que se va a hacer un poco tarde para ir a la discoteca esta noche —dijo su padre —. Tendríamos que ir a mi casa; además, estarás cansada del viaje.

—Sí, voy a ir —contestó ella.

Yo simulaba no escuchar, pero mi imagen de ella se hundía cada vez más.

Salimos y tomamos un taxi de regreso. Ellos sentados en el asiento trasero y yo delante con el chofer. Ellos conversaban.

—Manuel, estás muy callado —dijo Carina—. Estás pensativo.

No contesté nada. Mejor quedarme callado que hablar para disipar las dudas en un momento de enojo. Nos bajamos. Quisieron pagar el taxi, pero ya yo lo había hecho. Hablamos algunas cosas más y nos despedimos. Al llegar a mi estudio me sentía totalmente decepcionado de Carina. Para cualquier otra persona todo eso habría sido muy natural y no un motivo para deshacer el proyecto, pero la que yo había conocido era otra persona que me había fascinado, que me había ilusionado con su personalidad y su alma para realizar el proyecto de 21 cuadros con una violinista exquisita.

Esta persona que regresó de San Francisco no era la misma. Todo en ella había cambiado, tanto física como espiritualmente. Sus modales y su físico se habían vuelto raros. Estuve un rato pensando y escribiendo en mi diario lo que había ocurrido ese día. Estaba tan mal que no pude más, levanté el teléfono y llamé a su padre, le pedí que me pusiera a Carina en la línea.

—Carina se está bañando en este momento, Manuel. Pero tan pronto salga le digo que te llame.

—Está bien. Por favor, comuníquele que la sesión que habíamos planeado para mañana tenemos que cancelarla.

—¿Pasa algo Manuel? —me dijo con voz un poco apagada y como quién quiere saber la razón de la cancelación.

—No, es que tengo que hacer unas gestiones con mi hija Lorna que está de visita aquí en Miami —fue mi respuesta.

Pasé el fin de semana muy mal, al punto que quité todos los bosquejos de Carina de la pared y los guardé. Llamé a la pintora Veera y me desahogué un poco de todo lo que llevaba por dentro.

—¿Qué vas a hacer con tu proyecto? —me dijo Veera.

—No sé, la quiero —le dije, y los dos nos echamos a reír.

Tres días más tarde me llama Carina y nos saludamos muy cordialmente.

—¿Podemos hacer fotos esta misma tarde? —me preguntó.

—Sí, podemos hacerlas —le contesté.

—Son las 3:30, yo tengo que ver a un amigo a las cinco. ¿Tú crees que haya tiempo suficiente? —dijo con voz cariñosa.

—No, no creo que haya tiempo. Mejor ve a ver a tu amigo y las hacemos mañana o cuando se pueda.

Como había quitado todos sus dibujos y el cuadro de la pared, los tuve que volver a poner en la misma forma en que ella los había visto el último día que había estado en mi estudio.

Salí a hacer una caminata y no dejaba de pensar. Debería de aceptar las cosas tal y como eran. Yo la quería mucho y debía aceptarla tal cual. Transigir con una joven que atravesaba sus propios momentos existenciales y que estaba experimentando con su propia vida. No debía tratar de cambiarla. Pero después me argumentaba en contra: no, yo la elegí a ella como musa por ser como era, si ahora ha cambiado y ya no es la misma, no siento la misma admiración y devoción. Pero la quiero y no deseo perderla. Esperanzado me decía que a lo mejor ella reflexionaba y volvía a ser la misma. Tenía la mente enredada.

Al regresar, recibí una llamada de su padre.

—Hola Manuel. ¿Cómo está?

—Muy bien.

—Mire, quisiera pasar por allá para llevarle el vestido de Carina y el chal, pues ella lo ha dejado aquí en mi casa y me pidió que se lo llevara para las fotografías que le va a tomar. Pero si no tiene inconveniente, preferiría pasar un poco más tarde, ya que deseo dar una caminata por la playa.

—Sí, por su puesto. Puede pasar a la hora que usted desee, yo estaré aquí.

Horas más tarde me volvió a llamar y había cambiado de idea.

—Hola Manuel, estoy ya aquí en South Beach y precisamente en el apartamento donde Carina se está quedando. Hemos decidido dejar el vestido y el chal aquí, y mañana, cuando ella vaya, los lleva —dijo él.

—Está muy bien. Si ella los trae mañana es igual —le dije.

—Espere un momento que Carina quiere hablarle —dijo.

—¡Hola Manuelito! —dijo Carina.

—¡Hola Carinita! —le respondí.

—¿Te parece que vaya mañana para hacer las fotografías? Yo tengo aquí el vestido y el chal.

—Me parece bien mañana. Pero yo tengo que ir por la mañana a la oficina de un cliente y calculo que estaré de regreso después del mediodía. Nos podríamos ver aquí después de las 2:30.

—Sí, me parece bien. Mañana a las 2:30 en el estudio. ¿Qué haces ahora? —preguntó.

—Voy a la galería de Veera un rato —le respondí.

—¿Dónde está la galería? —preguntó.

—En Española Way, muy cerca de la Avenida Washington —le contesté.

—Yo voy a dar un paseo con una amiga y posiblemente pase por la galería para verte y conocer a Veera —dijo.

—¡Ah! ¡Muy bien! Entonces espero verte —le dije.

—Un beso —concluyó ella.

—Hasta luego, Carina —finalicé.

Veera y yo nos reunimos y nos sentamos a conversar con dos copas de vino, ella, tinto, y yo, blanco. Después de estar un rato en la galería, como Carina nunca llegó, me marché.

Al siguiente día sonó el teléfono a la hora que habíamos fijado y era Carina que estaba en los bajos de mi estudio.

—Espérame ahí, que bajo enseguida.

Nos dimos un abrazo como siempre y subió conmigo. Los dos estábamos un poco tensos. La invité a tomar vino por primera vez. Aceptó y así comenzó aquel encuentro que no imaginaba sería determinante en nuestra relación.

—Te traje un dibujo hecho por mí. No está muy bien, pero te lo hice con mucho amor. —me dijo. Era un dibujo de su propio rostro.

— ¡Ah! Está muy bueno, me gusta mucho —dije.

—¿Tú crees?

—Sí, está muy bueno. Te noto muy cambiada.

—¿Qué vas a hacer con el proyecto? —, me dijo, queriendo cambiar de tema.

Tomé mi copa de vino y me la llevé a los labios; tomando un trago muy pequeño, respiré profundamente, y me atreví.

—Te quiero, Carina, te quiero.

Sus ojos se pusieron rojos y dos lágrimas rodaron por sus mejillas. Continué:

—Te diré la verdad, todos estos días he estado muy confundido. Desde aquel día en que hablamos sobre ir a París juntos, te noté extraña. A través del teléfono percibí algo, no sé qué, algo que no andaba bien. Después de nuestra conversación me quedé con una sensación desagradable. Sentía que no era mi Carina con quien había hablado. Decidí no ir a París contigo y no verte más, definitivamente. Por eso te llamé con la excusa de que tenía trabajo y cancelé nuestro viaje. Te llamé para que no te ilusionaras con ese viaje; era difícil explicártelo. Pero pasó un día completo. Y ya en la noche empecé a sentir tu ausencia. Había renunciado a ti. Quizás ya nunca más me llamarías, cansada de tantos cambios. Planifiqué mi viaje a París solo para tratar de olvidarte y para que mis proyectos tomaran otro rumbo. En muchas ocasiones te dije que, si algún día nos separábamos y no continuábamos nuestro proyecto, yo jamás tomaría a otra modelo como violinista porque ya tú eras mi violinista, y no habría modelo que te sustituyera.

Ella miraba hacia el suelo sin decir nada.

Y yo continué:

—Eso significaba olvidar para siempre mi ilusión de pintar mis cuadros con un ser sutil que tocaba el violín. Cuando más solo y triste me sentía, sonó el teléfono y eras tú, que llamabas y me decías: "¿Qué pasa Manuel?; al escuchar tu voz llena de tanto amor, me volví a ilusionar. Me dijiste que no importaba el viaje a París, que entonces vendrías a Miami, y que, además, me invitabas a pasar unos días contigo en la casa de tu mamá. Volví a ilusionarme contigo. Eras otra vez mi violinista. Pero cuando llegaste y te vi, todo se derrumbó de nuevo. El darme cuenta de que me habías mentido me sumió en una lucha interna. He estado estos días en un verdadero caos. Volví a tomar la determinación de apartar todo de mi vida y especialmente a ti, pero al verme solo otra vez con mi renuncia, volví a soñar con mi violinista. No puedo renunciar a ti, Carina.

Mientras yo hablaba sus lágrimas corrían a raudales por sus mejillas.

—No importa nada. Te seguiré pintando, aun así, con tu cabeza rapada —nos reímos los dos.

—No, así no —dijo tocándose la cabeza.

—Seguirás siendo siempre para mí el ser divino que me ilumina. Es tu presencia la que conjura mi pintura. Sin ti no puedo hacer nada. Quizás sean los sorbos de vino los que me han hecho decirte todas estas cosas que llevo por dentro.

Acerqué mi copa de vino.

—Bueno, tomaré bastante vino para escucharte —dije.

Ella estaba sentada en el sofá frente a mí y yo estaba en una silla; había una pequeña mesita entre los dos, con las copas y una botella de Pouilly-Fuissé, unas galleticas y varios quesos. Volví a mirar su dibujo y le pedí que me lo dedicara en la parte de atrás. Escribió lo siguiente:

"Manuelito: Hoy fue probablemente uno de los días más importantes de mi vida. Mucha emoción y mucho que decir. Dejaremos que el destino haga lo que sea con nuestros sueños. Carina es como agua que se adapta al molde que sea, mi esencia es lo que sientes. Mi arte es como me expreso y el crecimiento de mi alma. Te respeto mucho, te admiro mucho y estoy segura que vamos a aprender mucho con todas las experiencias que pasamos. Hay un motivo para que existamos en la vida de cada uno. Un beso grande mi pintor eterno. Tu Carina."

Leí la dedicatoria, me paré y le di un beso en la frente.

—Gracias por esa dedicatoria tan sentida. Tú también serás mi musa eterna —le dije—. Ahora te voy a poner una canción que oigo frecuentemente porque me recuerda a ti. ¿Piensas que volverás con tu esposo otra vez?

—Lo quiero mucho pero no creo que vuelva con él. Él quería que tuviéramos hijos, estar siempre juntos y hacer las cosas comunes que hacen los matrimonios, pero me he dado cuenta de que yo no estoy en plan de formar una familia.

—A mí me pasó lo mismo con Margaret. La última vez que estuve allá me di cuenta de que ya no puedo estar con alguien con quien tenga que contar para mis actos. Todo estaba a punto para comenzar mis trabajos en su casa, pero una mañana le dije: "Hoy comenzaré los preparativos para continuar con mi colección de los 21 cuadros." Me pidió que le mostrara los dibujos que traía. Le mostré los dos primeros que tenía de ti y las fotografías. Me dijo "es una chica muy linda", a lo que le respondí "es muy linda y su alma es más bella todavía". Seguí contándole muchas cosas de ti, con gran entusiasmo. Pero creo que se puso algo celosa y me dijo que me tomara "una licencia poética"; parece que ella pensaba que era una devoción rayana en la idolatría, lindante con el enamoramiento.

—Cuando Margaret me conozca quizás cambie de parecer. Ella pensó así porque tú eres un ser que te ganas a las personas. Además, verá que hay solo una relación de pintor-modelo, y una gran amistad.

Nos pusimos a mirar un grupo de fotografías que yo tenía de ella en una mesita y encontramos una que le dije que era mi preferida. El día en que le tomé las fotos en el jardín del edificio del estudio de Jacques, le tomé una cuando arreglaba el vestido con aguja e hilo para recogerle un poco los tirantes por los hombros. Fue una foto espontánea y ella se veía muy natural. Le pedí que me la dedicara y escribió esto:

"Manuelito: Me acuerdo de ese día con mucho cariño, arreglando el vestido e imaginando el proyecto de nosotros. Gracias por hacer del arte un significado real en mi vida. Te tengo mucho respeto y admiración. Tu modelo, Carina."

Carina había traído la peluca para las fotografías, pero pasamos la tarde conversando y nos olvidamos totalmente de ellas.

—No hemos hecho las fotos —le dije.

—No importa, es mejor todo lo que hemos hablado. De todos modos, me voy a poner la peluca para que me veas con ella.

Pasó al baño y se puso la peluca frente al espejo. Cuando salió y la vi, me recordó a mi verdadera Carina, pero aun así no era lo mismo. No importa, me prometí, yo la seguiré pintando. Después de todo, lo bello, cuando se pierde, se vuelve más bello todavía.

Ya estaba cayendo la tarde y decidimos ir a la galería a ver a Veera. Llegamos, las presenté, y comenzamos a conversar de distintos temas. Yo le comentaba a Veera, principalmente, sobre las cualidades de Carina, sobre su belleza, tanto física como interior. Al poco rato fui a buscar una botella de vino y brindamos por el arte. Llegó un cliente y Veera se fue a atenderlo, mientras Carina y yo seguíamos conversando. Yo no cesaba en mis elogios hacia ella y se puso tan sentimental por los halagos, que se le volvieron a salir las lágrimas. Al poco rato me dijo:

—Manuel, no puedo más, me voy —y se fue llorando.

Desperté con gran malestar al día siguiente. Por el desborde de sinceridad que había tenido con Carina el día anterior. Su padre me llamó en la mañana y conversamos sobre mi relación con su hija. Le dije que en realidad hubiera preferido no haberla visto otra vez, que hubiera sido mejor haberme quedado con la imagen que tenía en mi mente.

Los días siguientes fueron difíciles. No podía pintar, solo hacía quehaceres domésticos: lavandería, arreglar el estudio, comer pizza, acostarme temprano. Sentía el cuerpo agotado, y el alma apagada. Al cabo de cinco días, cuando entraba a mi apartamento de regreso de una caminata en la playa, mi vecina Matilde me detuvo en la puerta. Entró tras de mí, ansiosa por comunicarme el chisme, y me dijo que había visto a Carina tomando sol en la playa sin el sujetador del traje de baño, con sus senos al aire libre. No lo podía creer. Me apresuré hacia el ventanal de mi apartamento, y al levantar la cortina, vi a Carina que bajaba las escaleras. Ella miró hacia arriba, pero me alejé de la ventana para que no me viera. Al poco rato sonó el teléfono; era ella. Me dijo que había esperado un rato en mi edificio a ver si yo bajaba. Habló algunas cosas. Pero yo no la escuchaba; en realidad, no quería oír lo que decía. Según Matilde, su desnudez para tomar el sol había tenido lugar justo en el lugar de la playa que yo frecuentaba para visualizar los cuadros de la Sinfonía, con ella como símbolo de la belleza y la perfección. Era como si ella hubiera tenido que venir desde San Francisco para romper el hechizo de mi absoluta adoración, como si una fuerza superior la hubiera llevado hasta allí.

Solo recuerdo que me despedí diciéndole: "Buena suerte en tu nueva vida, chao".

Al día siguiente me llamó su padre. Quería ver si me podía reunir con Carina antes de que ella se regresara a San Francisco. No nos vimos.

Su padre, que comenzaba a despuntar de alcahuete, me llamó varias veces insistiendo en que me reuniera con Carina antes de que se fuera. Me dijo que ella lo había llamado llorando y le había dicho que la separación que más le había dolido era la mía. Le dije que para mí ella se había convertido en una energía que me impulsaba a dejar una obra bella para el día en que yo muera.

Le dije que prefería no volver a verla porque era peor.

Cada vez que nos reencontrábamos, los cambios en su persona habían impactado de forma negativa la imagen que había creado en mi mente para la pintura. Yo quería conservar la Carina original de la Sinfonía Blanca, no la mujer que experimentaba procesos de evolución personal. A otro nivel, también sentía que una fuerza oscura quería apoderarse de ella y eso me dolía y preocupaba mucho. Su padre siguió insistiendo en que nos viésemos, y una tarde llegó con su esposa para sacarle nuevamente fotos a los dibujos y al cuadro de ella mirando hacia el sol, que sería regalo para ella. Entonces sacó una bolsa de papel, extrayendo con mucha delicadeza el chal negro, y me dijo: "Carina me pidió que se lo devolviera para un reencuentro; es una prenda muy linda".

Me di cuenta que los retazos de nuestra relación se convirtieron en una separación de dos bienes: ella se quedaba con el vestido blanco y yo con el chal negro.

Sentí deseos de llorar, pero controlé las lágrimas. Se marcharon y yo llamé de inmediato a Margaret en España. Buscaba sus palabras sabias para obtener algo de consuelo.

—Haz el cuadro completo y trabaja con los recuerdos. Ella es la misma. No seas tan drástico —me dijo.

Margaret fue demasiado pragmática, así que llamé a Grecia y la invité a cenar.

Esa noche vino y al vernos nos estrechamos fuertemente. Nos sentamos a conversar sobre todas las cosas que habían sucedido entre nosotros. Por primera vez le conté acerca de Margaret, de Carina, de todas. Hicimos un recuento del pasado y sentí que resurgía nuestra relación. Fuimos sinceros y ella me dijo que a veces le agobiaba la soledad, que yo le gustaba, pero que habían pasado muchos años y ya se había acostumbrado a vivir sola. En un momento de flaqueza durante la conversación, la besé y ella me besó. Nos despedimos cortésmente y le deseé buena suerte.

Ese día se alejaron de mi Carina y Grecia, a la misma vez.

Vino otro cliente —Luis Miguel— a traerme unas fotografías de estudio para el cuadro de sus hijas y esposa. Una casualidad muy grande porque ya yo estaba con un pie en el avión para Barcelona. Decidí que haría el viaje a Barcelona, aunque fuera solo, sin mi musa. Luis Miguel se ofreció a guardar algunas de mis cosas mientras yo estuviera en Europa y le entregué el cuadro que ya tenía casi listo de Carina, el que sería un regalo para ella. A Luis Miguel le gustaba mucho esa pintura, pero como ya yo había perdido interés en el cuadro, había comenzado a llenarse de polvo. Por lo tanto, se lo dejé prestado porque sabía que me lo cuidaría bien.

Carina se había regresado a San Francisco y yo me iba a Barcelona.

El primer amanecer en Barcelona fue en casa de Margaret. Conversamos largo rato y después me puse a pintar el cuadro de la familia italiana. Por la tarde trabajé removiendo la pintura de la ventana en la peluquería de Margaret para ayudarla a pintarla de nuevo. Y en la noche nos fuimos a ver un documental de Gala, la esposa de Dalí. Al salir fuimos a un café muy bonito y elegante, con unos dulces exquisitos, y comimos varios con chocolate caliente. Después me tomó algunas fotos en el café y en la calle. Cuando le pedí que me tomara unas frente a un edificio cuya arquitectura me gustó, sentí un cierto rechazo de parte de ella a hacerlo.

—Ah, está bien, no las hagas —le dije.

—Cómo has cambiado —dijo, añadiendo que sacarse ese tipo de fotografías era frívolo.

—Mira, yo solo quería unas fotos, pero si no te gusta, yo respeto tus cosas. Otro día le pido a un transeúnte que me las haga y asunto resuelto. Si hacerme unas simples fotos en una ciudad implica tanto problema, mira, olvídalo.

Ella entonces insistió en hacerme una foto en otro edificio muy bonito que había más adelante. Le dije que no. Pero ella insistió.

—Bien, lo voy a hacer para que no te sientas mal —dije.

Y me hizo una foto. Después argumentaba que los edificios no salían bien en la composición. Que tenía que tener una mejor cámara.

—Yo solo quería una simple foto, no sabía que iba a ser motivo de tanto rollo —finalicé.

Todo con Margaret era así.

Solo llevaba unos diez días en Barcelona y pasó lo que tenía que pasar. Le dije que había decidido no quedarme a vivir en su apartamento y simplemente no la soportaba más.

Saqué pasaje y tomé un tren que salía a las 9 pm de Barcelona y llegaba a las 9 am a París. La historia se repite: llego a Barcelona con todo el entusiasmo de forjar una relación y tomar decisiones de vida con Margaret, y terminamos en un conflicto con todos los matices de la infancia.

Amanecí en París y me apresuré al hotel. Me bañé y cambié de ropa. Me puse una camiseta de la campaña política de Lorna y me fui a tomarme unas fotos en la torre Eiffel. Fue una estadía corta, de solo cinco días, que dediqué a visitar el museo del Louvre a diario. Otro de los sitios que quería visitar era el Museo de Orsay. Quería ver de cerca el cuadro de Las Niñas al Piano, de Pierre-Auguste Renoir. Pude grabar en mi memoria las direcciones de ciertos trazos en la pintura para replicarlas en el cuadro que le estaba haciendo a mi hija Loretta. El resto del tiempo lo pasé recorriendo las calles y deleitándome en sus cafés. Y es que París, de día es arte y de noche es una obra maestra, se presta mucho para soñar.

Distracciones

No llevaba ni un mes de haber regresado a Miami. Me puse a preparar un cuadro de una violonchelista desnuda, un pedido de una amiga, y cuando le estaba dando una capa de barniz transparente me cayó una gota en la camisa. Decidí salir a comprar un disolvente de pintura para quitar la mancha. Cuando bajaba encontré a un fotógrafo tomándole fotos a una joven rubia con cara de ángel. Lo saludé y me presentó a la belleza. Los invité a que subieran a mi estudio a ver mi pintura y ella quedó fascinada. Le dije que me gustaría pintarla al estilo de la Gran Odalisca de Ingres. Conversando, me dijo que era de raíces alemanas y en ese mismo instante accedió a posar. Quedamos en que vendría con su mamá para coordinar todo en relación con esta aventura artística.

Me gustaba su piel de porcelana, sus flequillos rubios y sus ojos azules. Tenía una figura delicada y angelical que me recordaba mucho a Shannon, la modelo que conocí cuando caminaba a mi perrito. Inclusive, sus modales, su modo de caminar y de sentarse tenían gran parecido con Shannon. Y ahí me vino de nuevo la idea de pintar a la inspiración original de mi Sinfonía.

Al día siguiente vino a verme con su mamá, quien, tras estudiar mis obras casi con una lupa, le extendió permiso para que posara. Se me ocurrió que los cuadros de ella podían ser del estilo en que Ramón Pichot pintó a Margaret. Les mostré un libro donde aparecía Margaret y les encantó la idea.

Alice tenía una figura muy clásica, despedía dulzura y en ella se palpaba un alma limpia repleta de inocencia. Tras conocerla un poco mejor comprendí que era el tipo de mujer que me gusta pintar.

"Mi nuevo ángel. Mi musita dorada", así la apodé.

Quedamos en que su madre le tomaría las fotos en su casa. Me dijeron que tenían un sofá grande y que tomarían fotos cercanas de detalles que pudieran estar en el cuadro. ¡Me encantó la idea de que las fotos fueran tomadas en su propio hábitat!

Días más tarde Alice me llamó y me preguntó si podían visitarme para mostrarme las fotos. Llegaron y las fotos me parecieron excelentes para la pintura. Sólo hacían falta algunas adicionales con acercamientos de la cara, las manos y los pies. Les presté mi cámara y un rollo que me quedaba.

Ella estaba muy alegre y feliz de que las fotos sirvieran. Yo le dije que empezaría la obra con ella el día 1ro de octubre porque es el mes de mi cumpleaños y quería empezar entonces.

—Quisiera que ya fuera octubre —me dijo.

—Es el próximo miércoles —anotó su madre. Solo faltaban cuatro días.

Y así fue, como acordado: el 1ro de octubre comencé los cuadros de Alice.

Durante las próximas 72 horas me esmeré haciendo los dibujos para los cuadros. Alice vino y se quedó maravillada con el dibujo del primer cuadro. Tanto madre como hija estaban muy contentas con esta aventura artística. La madre quiso tomarme unas fotos con Alice al lado del cuadro y nos hicimos dos fotos. Ella, pasándome la mano por la espalda y yo a ella, por la cintura. También le tomé una foto a madre e hija juntas.

Pasé la tarde dibujando a mi ángel. En la foto que le tomó su madre, ella aparecía acostada en su cama con un pequeño short color rosa y una camisa azul semiabierta en el busto. Estaba tan entusiasmado que empecé temprano a dibujar. Mis desilusiones con Carina habían dejado de tener interés por el momento y

Alice comenzó a representar a aquel ángel caído. Estaba muy contento con los dibujos de Alice, iban a ser unos cuadros muy tiernos. Ella y su mamá venían semanalmente todos los domingos, y rutinariamente hacían fotos del progreso de los dibujos y los cuadros. Ésta sería una colección de siete cuadros de 30"x40"; ella en su dormitorio, acostada en la cama, en diferentes poses, con la mirada fija en diferentes objetos de la habitación.

Comencé a sentir que se convertía en mi niña mimada. Era tan limpia, fresca, pura, que para mí se convirtió rápidamente en una fuente de luz que iluminaba mi inspiración. Era tan grande esta recobrada inspiración que en menos de seis meses ya comenzaba a darle colores al primer cuadro. De todas las paredes principales de mi atelier empezaron a colgar cuadros de mi musa de oro. Y, sin darme cuenta, había empezado a reemplazar los dibujos de Carina por los de Alice.

Una tarde esperaba la rutinaria visita de Alice y su madre cuando me llamó Margaret de España.

—Si deseas, puedes vivir en el apartamento de la Calle Nación y te puedes quedar para siempre en Barcelona —dijo.

Esta oferta repentina me sorprendió y solo atiné a contestar:

—Sí. Voy a preparar todo para irme a vivir allá.

—Te quiero cuidar cuando estés viejito, Manuel.

Colgamos y me quedé desconcertado. Nunca antes había sentido tanto cariño y preocupación en la voz de Margaret. Llamé a mi hija Lorna y le comenté la oferta de Margaret. "Pues, arranca" —dijo—. "Ya es hora de que formalices con esa mujer. Creo que ella ha esperado suficiente y te ha aguantado bastante. Deja el orgullo y vete, trata de hacer una vida con ella".

Lorna siempre me habla así de fuerte. Quizás tenga razón o no entiende que los artistas somos seres de otra especie, distintos en esencia a los hombres comunes.

Llamé a Margaret de regreso y le dije: "Prefiero vivir en tu apartamento de Barcelona por temporadas y ver cómo nos va". Ella aceptó.

De todas las paredes principales de mi atelier ya colgaban cuadros de mi musita de oro. Quería concentrarme en terminar los cuadros, pero no había podido adelantar mucho ya que Jacques me presionaba a pintar un cuadro de una mujer de Saint Tropez. En el mismo aparecería la susodicha tres veces en una mesa como si se tratara de tres mujeres. Para esta obra experimenté con una técnica muy buena. Consiste en darle colores a las imágenes que ya se han pintado en gris. Pero en hacerlo sin miedo, es decir, óleo puro, sin diluyente, pero en poca cantidad; con la brocha casi seca, para darle transparencia al cuadro. Además, estaba trabajando en otro cuadro para el restaurante de Michel, La Diosa del Sueño, que es parte de una colección de cuatro cuadros de diferentes diosas.

Con estos proyectos y con la ilusión de la musa de oro sentía que Carina se me iba olvidando. Hasta el día en que el fotógrafo que me había presentado a Alice me dijo que ella andaba de viaje con su novio. Sentí una gran decepción. Una jovencita tan linda a la cual yo trataba como a una niña, no era tan niña.

Desde ese mismo instante me convencí de que la mujer especial que yo buscaba e idealizaba para mi pintura no existía, y que debía aceptar a cualquier mujer que estuviera bien para pintarla, sin importarme su vida privada. Mi pintura, la que yo quiero dejar de legado, debe ser exclusivamente con modelos que yo considere especiales para lograr una obra clásica y llena de misticismo. Me di cuenta de que había estado entreteniéndome con los cuadros de Alice, tratando de hacerme creer a mí mismo que podía reemplazar a Carina. Sin embargo, sabía que solo podría disfrutar mi pintura cuando volviera a tener a la modelo ideal en mi mente, la Carina que conocí en el 1999.

Para entonces ya hacía diez años que había conocido a Shannon, la fuente de inspiración de la idea de la Sinfonía Blanca. Como no había permanecido tanto tiempo en mi vida, nunca me había desilusionado de ella. Por lo tanto, se me había quedado una imagen intacta, más sus fotos. Y con eso comencé a trabajar en un cuadro de Shannon. Para pintar a gusto tengo que sentir una admiración muy grande por mi modelo, y mis estándares morales de antaño no me permiten aceptar conductas normales para esta época.

Cáncer y nuevos bríos

Cuando se llega a cierta edad, no solo se viven desilusiones, sino que además las cosas comienzan a desintegrarse.

Hablé con Lorna. Yo estaba muy preocupado, pero no le quería decir nada a ella, ni tampoco a Loretta. Las dos estaban muy contentas. Lorna, con la posibilidad de regresar a trabajar en la televisión en Miami, y Loretta, con un perrito que les compraron a los niños. Si hay que irse al otro mundo me voy muy tranquilo, pero no quiero preocupar a mis hijas. Lo único que sentía era el sufrimiento que les podía causar la maldita enfermedad.

No tengo control sobre la adversidad, pero sí sobre mi actitud ante ella, y no me quedó de otra. Finalmente decidí informar a mis hijas lo último en relación con mi próstata. Llamé primero a Loretta y ella quedó en llevarme al hospital para que me hicieran una biopsia de la próstata. Conversamos largo rato acerca de la enfermedad; dijo que vendría temprano para recogerme e ir al médico. Me dijo que llamara a Lorna y así lo hice. A ésta le expliqué que no había querido decir nada hasta ver el resultado de la biopsia, pero después había decidido decirles, por "si las moscas". Además, me gusta que la verdad se sepa. También hablé largo rato con Lorna. Las dos me dieron ánimo y me insistieron en que fuera positivo con respecto a la prueba.

La biopsia fue dolorosa. Suerte que Loretta me llevó y me acompañó, y me pasé el resto del día en su casa. Ella me hizo una pasta con tomates naturales y berenjena rebozada que sabe que me gustan mucho. Pasé toda la tarde jugando con mis nietos y por la noche volvimos a comer unos frijoles negros, arroz blanco y plátanos maduros fritos.

Julián, el más pequeñín, insistió en guiarme en un recorrido por la casa y enseñarme los dormitorios de cada uno. Uno por uno. El de su hermana Andrea, con televisor y sus muñecas. El de su hermano mayor Kristian, igual, con cama grande, televisor y un escritorio. Verlo tan chiquitico mostrándome su cama que era grande, de una madera preciosa y con gavetas para poner sus juguetes, me trajo a la memoria cuando dejé a su mamá de solo seis meses de nacida en Cuba para ir a buscarle a las niñas un mejor porvenir. Y allí, al ver a Julián con aquella habitación con tantas comodidades, pensé que todo el esfuerzo de la separación había valido la pena.

La biopsia me causó sangramiento y mucho malestar. Pero el resultado fue peor aún. Fui con Loretta al doctor muy contento, seguro de que el resultado sería negativo. Pero no fue así. Suerte que fui con Loretta y ella pudo conversar con el médico. Luego me llamó Lorna y me dio mucho ánimo en este nuevo reto que me presentaba la vida. Por ahora, les dije que solo deseaba reflexionar, porque la verdad todo me parecía mentira.

Casualmente, la madre de mis hijas y su esposo estaban de visita en la playa de South Beach y vinieron de inmediato a verme. Se enteraron de la noticia de mi enfermedad mediante Lorna, quien les pidió que me visitaran. Esa fue una coincidencia interesante, porque unos minutos antes de que ellos llegaran, yo había puesto en mi reproductora de casetes una cinta que tenía grabada una conversación que había tenido con la madre de mis hijas en el año 1980, cuando ellas estaban en España. Era mi costumbre grabar sus voces en la casetera durante nuestras conversaciones telefónicas para luego escucharlas y recordarlas. En este día, tras escuchar mi diagnóstico de cáncer, buscaba consuelo escuchando sus voces, pero al tratar de oír ese viejo casete, la cinta se rompió y no pude escucharlas. Para mi sorpresa la madre de mis hijas se apareció en persona para traerme algo de consuelo.

También llamé a Grecia y se alegró mucho de mi llamada. No le dije nada de lo que estaba pasando, solo quería escuchar su voz. Me dijo que ahora tenía su cuerpo en muy buena forma como para hacer su cuadro desnudo. Nos reímos mucho y recibí gran aliento solo escuchando su voz.

Llamé a Isabelline en Francia. Le pedí que me escribiera y que me contara todo lo que había acontecido en su vida. Me dijo que estaba en una ciudad al sur de Francia, que había estado en Suiza y que trabajaba por la noche y dormía por el día. Le dije:

—¿De vampira?, y eso le causó mucha risa. Sellamos la conversación con ella invitándome a que regresara a París y yo prometiéndole que la iba a seguir pintando.

A la última que llamé fue a Margaret, en España. Lo primero que me dijo fue:

—¿Qué haces en esa horrible ciudad que no acabas de venir?

Le expliqué los motivos y se quedó un rato callada, respiró profundo y añadió:

—Ven para cuidarte.

Ella estaba muy al tanto de estos asuntos porque su padre había muerto de cáncer en un ojo y la madre había sido operada de cáncer en el estómago.

—Vas a morir de otra cosa —dijo.

Con el cáncer de la próstata vinieron pruebas de los huesos y la pelvis para ver si la enfermedad se había extendido a otras partes del cuerpo. Fueron pruebas médicas relativamente benignas. Loretta me acompañó y luego nos fuimos a comer unas arepas. En la tarde hice mi caminata frente al mar, como de costumbre. Los resultados de las pruebas fueron negativos, como también lo fue otra prueba de exploración del abdomen.

Resultó que la cosa no era tan grave, como me dijeron en la clínica donde fui a ver al urólogo y de donde salí más contento de lo que había entrado. Según entendí, el cáncer estaba fuera de la próstata y no adentro. Por lo tanto, no recomendaban operación, ya que al cabo del tiempo podría reproducirse…Habló, habló, y habló. Por mi edad y por las estadísticas, dijo: "La radiación sería lo más adecuado".

Yo no entendía mucho lo que decía, utilizaba palabras que yo ni conozco, cosas de médicos. Me mandó una inyección mensual de Lupron y una pastilla diaria por dos semanas.

Luego supe que Lupron es un tipo de terapia hormonal para el cáncer de próstata. Funciona reduciendo la cantidad de testosterona en el cuerpo, lo que ayuda a ralentizar el crecimiento de las células cancerosas. Los médicos recetan a menudo terapias hormonales en combinación con radioterapia para estos casos. Loretta me llevó a la primera cita con la radioterapeuta y después de varias conversaciones acordamos que, en mi caso, lo mejor serían las radiaciones. Cuarenta sesiones; ocho semanas, cinco días a la semana. Decían que así lo podían eliminar.

Pasé nueve meses con el tratamiento que en algunos momentos me hizo sentir muy mal, lo que me hizo recordar el remedio de mi madre para todos los males, una limonada hervida. No sé por qué ese remedio santo me permitía recuperarme de inmediato de cualquier mal.

Tuve cita con el médico y me dijo que en el último examen de sangre los niveles de PSA me habían dado normales. Esa es una prueba de antígeno prostático específico que detecta el cáncer de próstata. Añadió que eso significaba que estaba en remisión. Me dijo que la inyección mensual de Lupron producía impotencia, pero que una vez que terminara de ponérmela todo volvería a la normalidad.

—Pero doctor, el urólogo me ha ordenado seguir poniéndomela durante dos años —le dije.

—Bueno, las novias tienen que esperar dos años; mientras tanto, besitos solamente —me dijo.

—Sí, aprovecharé esta nueva oportunidad intensamente —le contesté mientras ambos sonreíamos.

Con eso terminaron mis nueve meses de zozobra. Pero comenzaron veinticuatro meses de inyecciones.

Para distraer mis pensamientos de la enfermedad, me enfrasqué en terminar unas obras. Loretta me había pedido una réplica de El Nacimiento de Venus (Naissance de Venus). Es una pintura del artista francés Alexandre Cabanel, pintada en 1863, que está en el Musée d'Orsay de París. Una pintura de grandes proporciones, 84"x48". La comencé en mayo y estaba lista en agosto. Esto pese al cansancio, a los mareos, los dolores de huesos, diarreas y vértigos producidos por las radiaciones. Un tiempo récord de tres meses para una obra tan grande y con tantos detalles.

Y, bueno, si hacía una réplica para Loretta, tenía que hacer otra para Lorna. Le terminé Ariadne, obra de 1898 de John William Waterhouse, pintor inglés conocido por trabajar primero en el estilo académico y por luego abrazar el estilo y la materia de la Hermandad Prerrafaelita. Sus obras de arte eran conocidas por sus representaciones de mujeres, tanto de la mitología griega como de la leyenda artúrica. Este cuadro con medidas de 36"x59" también iba cargado de muchos detalles.

Y le estaba haciendo dos cuadros a mi amigo Luis Miguel, uno sobre los indígenas Asháninca rescatados de los guerrilleros en Perú, que iba a ser un regalo por lo bien que se había portado conmigo guardando algunas de mis cosas en su casa cuando mis dos viajes a París y Barcelona. Se trataba de una foto que había salido en el periódico y que a la madre de Luis Miguel le había gustado mucho. El otro cuadro era de 68"x94". Florinda es un óleo sobre lienzo del pintor y litógrafo alemán Franz Xaver Winterhalter. El mismo se completó en 1853 y ahora se encuentra en el Museo Metropolitano de Arte de Nueva York, donde no está en exhibición. Aunque sí llegó a estarlo, porque cuando visité el museo en noviembre, para mi sorpresa, me lo había encontrado, y me alegré mucho de verlo, porque descubrí que no tenía tanta textura como la que yo le estaba dando a mi cuadro. A mi regreso de Nueva York le di un poco de lija al cuadro para eliminar las pinceladas cargadas de óleo, algo que me costó mucho esfuerzo; pero dejé el lienzo bastante liso. A pesar de la mucha lija que le di no perdió la forma, por lo que pude volver a pintar sobre ese fondo, de una forma más clásica.

También le hice dos cuadros a Jacques de La Joven de la Perla, de Johannes Vermeer, pintor del barroco holandés cuya obra original se encuentra en La Haya, y que el público holandés seleccionó como la pintura más hermosa de los Países Bajos. Y "La Condition Humaine", del surrealista belga René Magritte, cuya segunda versión es parte de la colección de la Galería Nacional de Arte en Washington, D.C, que he visto varias veces.

Jacques me hizo un pedido más. Repetir el cuadro de La Condition Humaine, con la diferencia de que en el cuadro aparecería la cara de una niña de once años en el lienzo que aparece en la pintura original. Parece que los padres de la niña hicieron la solicitud. Fue una obra que hice prácticamente en unas pocas horas. La comencé a las 7 de la noche y estaba lista a las 5 de la mañana del día siguiente. Como ya había hecho ese cuadro, me fue fácil recordar las pinceladas.

Ya no me gusta hacer réplicas, pero necesito algún dinero y esto me resuelve. Jacques me elogia diciéndome que conmigo sí le gusta trabajar: "Tú si eres un verdadero artista" —repite, innecesariamente.

Pero aún no me ha pagado los últimos cuadros que le hice porque dice que tiene problemas económicos y me ha dado cheques sin fondo. Jacques siempre había sido buena paga, pero parecía tener demasiados enredos ahora y se la pasaba diciéndome "tengo que cobrar en París para poder pagarte". No me gustaba tener que recordarle que me debía.

Finalizaba el año 2004, el año del enfrentamiento con el cáncer, y no había tenido ni siquiera tiempo de pensar en Carina. Y de repente sueño con ella.

Soñé que estaba acostado en una cama grande con mosquitero, como la de mi casa cuando era niño. Al lado mío estaba Carina y conversábamos. Ella estaba con el vestido blanco, acurrucada junto a mí; yo la abrazaba y ella estaba hecha una bolita entre mis brazos y piernas. Yo sentía como mi pene estaba comenzando a tener erección y rozaba su cuerpo. Ella se levantó y salió a un jardín a jugar con una pelota sobre la hierba. Corría y saltaba muy alegre. Desde mi cama podía ver que jugaba con una amiga. No quise acercarme para que no me viera y se diera cuenta de que la miraba jugando. Y de pronto, poco a poco, empezaron a tirarse la pelota, pateándola, y comenzaron a alejarse.

Me desperté y la recordé mucho. Me di cuenta de que era el principio del mes de enero de 2005 y que era una nueva era post cáncer, sentí nuevos bríos. Una posibilidad renovada para, de una vez por todas, concentrarme en mi pintura, pintar el primer cuadro de la Sinfonía Blanca, y continuar el cuadro de Carina que había quedado inconcluso con todos los acontecimientos.

Del primer cuadro de la Sinfonía Blanca solo tenía el dibujo en papel, el que fue y volvió de España conmigo sin que lo tocase debido a mi resentimiento hacia ella. Habían pasado 18 meses desde su visita a Miami y de que su padre nos hubiera tomado las fotos al lado del dibujo.

Comencé a pasar el dibujo de la figura de Carina al lienzo. No era solo un dibujo, ya era una imagen que llevaba en el corazón. Comencé a trabajar con la misma devoción con la que había empezado a dibujar el proyecto hacía casi dos años, sin pensar en la Carina transformada, con la fantasía de la que conocí y la ilusión de estar realizando mi sueño. Yo sabía que ese había sido el anhelo de ella, pero algo le pasó que hizo que todo cambiara. Decidí hacer algunos cambios al dibujo y poner el sol como fuente de luz en el centro del cuadro; a ella la moví para el lado izquierdo del retrato y desistí de que fuera en una playa. En vez, integré su imagen dentro del estudio del pintor.

Eran las 7:20 de la noche y seguía frente a mi primera pieza maestra de la Sinfonía Blanca, escuchando un CD de música que ella me había regalado. Terminé todo el dibujo a lápiz en el lienzo y me senté lejos a contemplarla. Fue un día dedicado solamente a ella y estaba satisfecho con el comienzo de mi obra.

Había decidido pintarla a ella exclusivamente, pero, para engañarme a mí mismo, me había dicho que lo haría hasta que me encontrara a otro ser divino, otra que me hiciera olvidar a la brasilera. Pero no lo había logrado y sentía que estaba rescatando a esa Carina que conocí. Y quería rescatarla porque ella me había cautivado como ninguna otra musa había logrado hacerlo.

Deseo honrar eso y quiero que esta pintura la hereden mis hijas. Ese es el regalo que les quiero dejar cuando me muera.

A las 8:25 de la mañana del 14 de febrero de 2005 acabé de desayunar mi café con leche con *baguette* con mantequilla danesa. Estrené calzoncillos azules, medias azules, zapatos de lona azul y blanco, jeans azules y una camisa blanca. También estrené mi pasta de dientes Elgydium, crema de afeitar The Art of Shaving y navaja nueva.

Todo esto porque era un día muy especial. Hoy comenzaría a aplicar los primeros pigmentos al lienzo del primer cuadro de la Sinfonía Blanca.

Eran las 9:49 de la mañana y mi primer paso en este proyecto fue poner el CD que me había regalado Carina: Violín. El motivo de escoger este día para comenzar esta obra era que en un día como hoy de 1999, Carina había visitado mi casa por primera vez, y que se cumplían seis años de los primeros pasos de este proyecto.

Después de desayunar le tomé varias fotografías al diseño para que quedara constancia de sus comienzos. Tras hacer las fotos, le puse fijador al dibujo. Ese dibujo en papel que ya había hecho desde el 2002.

A las 10:10 de la mañana comenzó la Sinfonía Blanca. Alrededor de la 1:30 de la tarde había terminado todo el fondo del cuadro en los tonos grises de la primera capa de pintura.

Eran las 11:05 de la noche y continuaba mirándolo, sorprendido conmigo mismo de que finalmente había comenzado.

Y así transcurrieron seis meses, concentrado en los detalles del fondo de esa primera pintura de mi Sinfonía. Cuando quedé complacido con ese paso, comencé a pintar con colores grises la figura de Carina. Empecé por el vestido. En busca de inspiración, cada vez que quería perfeccionar el vestido, escuchaba música del cantautor brasilero Roberto Carlos, para recordarla más intensamente. Estaba convencido de que, en esta pintura, Carina sí sería realmente perfecta.

Sentía que un cuadro puede cambiar la vida de un hombre y que, plasmada en el lienzo, ella siempre estaría a mi lado.

Cuando estaba más enfrascado en continuar mi obra, me decido a ir a un centro comercial de North Miami Beach para comprarle una postal a mi hija Lorna por su cumpleaños, porque no encontraba ninguna que me gustara en las tiendas de South Beach. Estaba esperando el autobús frente al centro comercial, cuando vi venir al padre de Carina. Nos vimos mutuamente y nos dimos un gran abrazo; conversamos y me preguntó por los cuadros. Le contesté que iba avanzando con el proyecto y me arrepentí al instante, tras ver su interés por saber más detalles de la obra.

—Después de largo tiempo sin pintar a nadie, excepto los encargos de Jacques, me decidí a continuar con los cuadros de Carina —le había dicho.

—Carina está ahora en Nuevo México, trabaja en un circo y se hizo un tatuaje que dice algo así como: "Volveré a mis raíces" —me contestó.

—Decidí continuar porque llevo su imagen grabada y no me puedo morir sin terminar mi proyecto; pero lo haré inspirado solamente en la chica que ella era antes de julio del 2003 —le expliqué.

—Ella está muy desorientada —quiso machacar.

Continuamos hablando sobre el cambio que dio Carina y, por lo que pude entender, iba de mal en peor. Me dijo que vivía con una mujer, que por lo que pude deducir, era la dueña del circo donde trabajaba. También me dijo que Carina le había regalado a él una foto del guerrillero revolucionario Che Guevara. Para mí, que había huido del comunismo en Cuba, eso era algo abominable. Siguió lamentándose, como padre al fin, de lo lastimoso que era que Carina no hubiese sabido aprovechar mejor su vida. Mencionó que quería proporcionarle los medios para que fuera a visitar unos días a su madre, a ver si se enderezaba un poco.

Él estaba contento de saber que había seguido con las pinturas de la Sinfonía Blanca; me preguntó si ya estaba pintando en el lienzo y se lo confirmé. Me dijo que esos cuadros podían ser vendidos en cien mil dólares. Él siempre ha tenido una mentalidad muy materialista y ese comentario no me gustó mucho. Le aclaré que nunca he pensado en venderlos, ya que son para mis hijas.

Al siguiente día de ver a su padre, comencé el diseño del cuadro No. 7 de la Sinfonía, donde ella aparece parada abriendo una puerta. Ese encuentro con su padre me volvió a crear desasosiego, me produjo momentos en que a veces deseaba destruirlo todo, y otras veces me apremiaba a continuar. Me molestó mucho el error de haberle dicho a su padre que había continuado las pinturas, y presenciar su interés monetario.

Me pasé el resto del día y la noche pensando en Carina. Solo visualizaba la imagen de ese tatuaje ultrajando su piel y dejando su brazo marcado por una tinta barata que comenzaba a manchar aún más su imagen en mi mente. ¡Cuántas veces me había prometido que jamás pintaría a una modelo que llevara un tatuaje! Y ella, indiferente a mi idolatría, había marcado su piel y me había dejado en otro dilema emocional.

El cuadro que había comenzado a hacerle a Carina para regalárselo por su cumpleaños había tomado tiempo. Siempre ocurría algo entre nosotros que hacía que permaneciese inconcluso. Aun así, lo tenía colgado en la pared con la esperanza de que algún día estuviera en disposición de terminarlo y quizás dárselo. Pero no podía dejar de pensar en el tatuaje en el brazo. Me atormentaba creer que, poco a poco, las fuerzas de la oscuridad la estaban devorando, que mi fuente de inspiración se había despeñado a un abismo sin fondo.

Esa noche no pude dormir tratando de aceptar la realidad de que ella no era perfecta. Horas y horas sin poder dormir, buscando algo que me permitiera lograr la paz interna. Traté de rezar. Traté de visualizarla como el día en que la conocí. Pero no podía: quedé convencido de que existían fuerzas malévolas que se proponían destruir a una joven tan linda.

No pude más, me levanté de un salto, agarré el cuadro que le iba a regalar por su cumpleaños y, furioso, lo estrellé contra mi banco de hacer pesas, el que ella había utilizado de asiento durante la última visita que me hizo. El estruendo fue tal que temí haber despertado a los vecinos. Toda la tela se rasgó, dejando un hueco inmenso. Destruí mi propia pintura. Bajé corriendo las escaleras y lo boté en el tanque de la basura del edificio con la intención de seguir rompiendo los lienzos que me quedaban de ella al día siguiente. Volví a acostarme más desahogado, pero no me dormí, y me pasé la noche preguntándome: ¿Por qué no pudo mantener su imagen clásica, por qué se entregó a lo vulgar y grotesco?

Dándole vuelta a mis pensamientos vi los primeros rayos del día. Pensaba levantarme, pero en realidad me quedé dormido. Desperté de nuevo con un salto, como quien despierta de una pesadilla. Lo primero que vi fue el espacio vacío en la pared donde había estado colgado el cuadro que destruí. Sentí una sensación de vacío tan grande, que decidí no desprenderme de ninguno más y continuar con la Sinfonía Blanca. Me di cuenta en ese instante de que ya esa Sinfonía era mi vida.

Me senté en el borde de la cama observando mi obra, mi Sinfonía. Pasé el día amándola cada vez más y acumulé más ideas aun para lograrla. Y en ese instante, decidí, de una vez por todas, que trabajaría con su recuerdo.

Llegué a la conclusión de que su desvío no tenía importancia. Ella volvería a reencontrar la luz y, si algún día regresaba a mi vida, estaría listo para acoger su amistad. Por mucho que quería olvidarme de ella, también estaba su padre. Me llamaba y me ponía al corriente de lo que ocurría en su vida. En una ocasión me contó que fue de viaje a Santa Fe y la vio. Me dijo que estaba linda y que había traído un video de ella cantando, vestida con un esmoquin rosa oscuro. Me dijo que iba a hacer una copia para dármela. Empecé a notar que él tenía gran interés en conocer el progreso de las pinturas, y en el libro que sabía que había comenzado a escribir. Preferí no ver el video. Escogí no escuchar más sobre Carina. Éste era mi proyecto y no quería que nada enturbiara mi Sinfonía Blanca. Comencé a apartarme de cualquiera que pudiera poner mis planes en peligro y usaba todo mi tiempo pensando en cómo esbozar los cuadros y dejarla inmortalizada en mi pintura.

Al concluir el año 2005, el cuadro No. 1 de la Sinfonía iba bien adelantado, ya estaba casi terminado. Descubrí que para mí no existía placer más refinado que pararme a contemplar ese primer cuadro de la Sinfonía Blanca en una tarde gris, mientras saboreaba un buen café con leche y un *croissant* con mermelada de fresas. Para fin de año los primeros 13 dibujos de la Sinfonía ya estaban pasados a sus respectivos lienzos, y los dibujos restantes para completar los 21 cuadros estaban terminados.

Seguía poniendo mi alma en las pinturas de la Sinfonía Blanca, cuando llamé a Margaret a principios del 2006 para contarle sobre el progreso de la obra. Quería dejarle saber que había encontrado ilusión en la ausencia de Carina y que había logrado crear su existencia en mi imaginación y que, eso, me había ayudado a avanzar bastante con los cuadros. Me contestó su amigo Juan al teléfono y me dijo que Margaret estaba hospitalizada. Quedé muy preocupado y a los pocos días volví a llamarla. Juan me dijo que la habían operado de un tumor maligno y le habían extirpado una parte del intestino; que le realizaron una colostomía y que ella se sentía muy infeliz. Llamé en varias ocasiones con la esperanza de poder hablar con ella, pero una y otra vez me dijeron que estaba indispuesta, que tenía neumonía, que no ingería ningún alimento, que no quería hablar con nadie, que estaba muy deprimida.

Una noche mi hija Loretta me llamó para decirme que había recibido una carta de Juan con una nota pidiéndole que me la hiciera llegar. En ella Juan me contaba que Margaret había fallecido el 10 de marzo. Que la habían sometido a una operación porque no toleraba ningún alimento y que fue abrir, cerrar y fallecer en 24 horas.

No podía creer que la última vez que había hablado con ella, me había insistido en que fuera para Barcelona. Que le había dicho que mi última inyección de quimioterapia por el cáncer de la próstata tendría lugar el día 10 de marzo, y que iría cinco días más tarde. Y que ella había fallecido el mismo día de mi última inyección, día que es, también, el cumpleaños de la madre de mis hijas.

Juan me adjuntaba su número de teléfono para que me comunicara con él y así explicarme ampliamente cómo habían sucedido las cosas. Llamé y logré conversar con Juan. Me contó que Margaret había ido a la clínica por arenilla en los riñones; le descubrieron el tumor y estuvo setenta días internada en el hospital por distintos aspectos de la enfermedad. Cuando la sometieron a otra operación porque no toleraba la alimentación oral, descubrieron que el cáncer había hecho metástasis con una rapidez increíble.

Se suponía que el cáncer le había comenzado hacía un año. Yo no podía dejar de pensar en que entonces ella quería que yo fuera para allá para cuidarme de mi cáncer de próstata. Sin duda, envejecimos y no logramos armar nuestras vidas juntos, siempre dejándolo para más tarde, como si la mortalidad se fuese a apiadar de nosotros.

Juan me dijo que ella nunca se enteró del verdadero alcance de la enfermedad y que hacía planes para el futuro sin saber que tenía una enfermedad terminal. Unos días antes de morir dijo que no quería que yo fuera hasta que estuviera bien para poder atenderme. Juan añadió que fue cremada y sus cenizas tiradas al mar, como era su deseo.

A pesar de que nuestra relación fue tormentosa, me dejó un profundo vacío en la vida y no la olvidaré jamás. Nunca pensé que la partida de Margaret me iría a afectar tanto. Pasé varias noches sin dormir, sintiendo gran desconsuelo. Después de todo, ella fue la protagonista apasionada de una intensa historia de amor, nuestra historia. Justo cuando había decidido que íbamos a envejecer juntos, ella quería cuidarme y protegerme por mi enfermedad, pero, desafortunadamente, murió primero. Me consolaba pensando que yo tenía suerte de tener a mis hijas y a mis nietos.

"Aprovecha ese estado de tristeza en que estás y desahógalo en tu pintura" —me dijo mi hija Lorna.

Loretta propuso darme todos los meses una cantidad de dinero para que yo pudiera dedicarme enteramente a mi pintura, sin tener que cumplir con encargos de Jacques o clientes para sobrevivir. Pero con todo y eso, caí en un fuerte estado de depresión tras la muerte de Margaret. Decidí tomar un descanso de la Sinfonía Blanca para reflexionar, solo pensar en Margaret y entregarme al luto. Quité todos los dibujos de Carina que tenía colgados en las paredes, y en ese instante decidí que solo iba a dejar un cuadro de la Sinfonía Blanca, el No. 1, que casi estaba terminado.

Una mañana en la que me arrepentía una y mil veces de no haber sido más humilde en mi relación con Margaret, monté tela en un bastidor de 70"x49" y en otro de 35"x21". En el más grande, Carina estaría parada frente a un cuadro gris con un espejo al fondo donde se reflejaba otro cuadro. El más pequeño sería su busto con un violín colgando detrás. El violín que había pintado en el segundo cuadro de la Sinfonía Blanca era de hacía tres años, y resultaba muy grande en proporción con la figura, por lo que tuve que dibujar uno nuevo. El arco estaba muy corto y tuve que hacerlo más largo. Tras los ajustes, todo estaba listo para comenzar a darle el color gris. Eran las 9:09 de la mañana y empezaba a aplicar el óleo al segundo cuadro de la Sinfonía Blanca, comenzando por el violín.

Después de haberme pasado toda la mañana pintando el violín, el arco y el fondo del cuadro, me di cuenta de que el violín no estaba completamente vertical y que la pared en la parte de abajo se inclinaba ligeramente a la derecha. Había pintado un violín perfecto, y yo estaba feliz con mi obra, pero al observar el cuadro de lejos me di cuenta de ese detalle. Quizás al pasar el dibujo del violín al lienzo se había movido sin darme cuenta, lo que había hecho que me quedara ligeramente inclinado. No tuve más remedio que coger una brocha gorda y, como la pintura estaba fresca, mezclarlo todo con el fondo. El violín desapareció rápidamente. Pensé en esperar tres o cuatro días hasta que la pintura se secara para pintar los primeros tonos del nuevo violín.

Esto me molestó mucho porque había pintado un violín bello colgado de la pared, pero no estaba completamente vertical. Y debía de estar completamente vertical para que el cuadro resultara correcto. Pensé en tomarlo con calma, pero no pude. Esa misma tarde volví a pintar el violín y entonces sí me quedó perfecto. Como había mezclado toda la pintura con la brocha, el violín que había desaparecido había creado un fondo gris oscuro. Puse el dibujo del violín que había hecho en el lugar adecuado y, con el óleo aun húmedo, pasé un bolígrafo sin tinta por todo el contorno del violín, por las cuerdas, y por todos sus detalles. Al quitar el dibujo de papel del lienzo, el violín quedó delineado, en la posición correcta, marcado por una línea blanca. Y volví a pintar el violín con los tonos iniciales. Los detalles finales y el color oficial del violín vendrían cuando encontrara y comprara el violín de la Sinfonía. Al finalizar la tarde, el violín estaba otra vez en el cuadro y en la posición correcta.

Durante el 2005 y el 2006 había logrado avanzar bastante con los cuadros de la Sinfonía Blanca. Pero también había pasado mucho tiempo inmerso en ella, y pensé que debía terminar el cuadro de Raiza y, además, hacer más con ella de modelo. La llamé y quedamos en que vendría a mi estudio. Compré unas telas color café para colgar como cortinas tapando el fondo. La iba a acostar sobre la mesa, desnuda, con una bufanda cubriéndole el pubis.

Preparé el lienzo y dibujé el diseño sobre el mismo, basado en las fotos que le había tomado hacía tres años. Pese a que ya no me sentía bien pintando este tipo de cuadros, quería completarlo para refrescar los ojos después de haber estado tan inmerso en la Sinfonía Blanca. Había comenzado este cuadro varias veces, por primera vez en el 2003, y ahora continuaba en el 2007. El dibujo en papel estaba listo desde entonces, pero esta vez necesitaba que viniera a posar en vivo para pintarle los pechos, pues las fotos habían sido tomadas con sostén con la idea de que esa parte se hiciera más tarde, posando frente a mí. Primero trabajé en el mueble donde ella estaba acostada y me iba quedando muy bonito. Originalmente, le había tomado la foto con una sábana azul que ella trajo y que pusimos sobre el mueble, pero ahora prefería pintar los cajones del mueble con todos sus detalles. El mueble es el mismo que usé para las fotos, así como el espejo. Estos muebles estaban en una habitación de desahogo del edificio donde vivía y los recuperé para que me sirvieran de modelo. No salí en todo el día del estudio y me la pasé pintando el lado derecho del mueble, esmerándome en las agarraderas de las gavetas, que eran de cobre. Samuel, un empleado que trabajaba en la recepción del edificio las vio y me dijo: "Parecen tan reales que uno las podría agarrar".

A Raiza la conocí el día de Nochebuena del 2002 cuando entré en una galería de arte de Lincoln Road, en South Beach. Después de mirar algunos cuadros entablé conversación con la chica que estaba al frente de la galería. Le dije que era pintor y la invité a pasar por mi estudio para que viera mis pinturas. Era de Montenegro, en la antigua Yugoslavia, y vivía en Canadá. Un par de semanas más tarde vino a mi estudio y se quedó fascinada, pero especialmente con los dibujos de la Sinfonía Blanca y el cuadro que le estaba haciendo como regalo a Carina en ese entonces. Recuerdo que el día de su primera visita a mi estudio llegó a las 8:15 de la noche y estuvimos conversando hasta la 1:15 de la mañana, bebiendo té. Nos hicimos buenos amigos casi de inmediato.

Una noche, ya tarde, me llamó para decirme que un cliente que había pasado por su galería le había comentado de un cuadro que había visto en otra galería que le había gustado mucho, pero que costaba $24,000, y su presupuesto era de unos $15,000. Raiza, muy diestra en el tema de ventas, le dijo que conocía a un pintor que lo podía hacer mejor y que ella podía ser la modelo. Llamaba para consultar conmigo para enganchar al cliente y le dije que sí, pero que sería en mi estilo y un poco más grande. Se trataba de un desnudo con los pechos al aire y una bufanda cubriéndole el pubis.

Me posó para esa pintura. Hice primero, como de costumbre, el dibujo en papel. El día anterior habíamos ido a comprar la bufanda. Luego al cine para ver la película Frida. Me gustaba mucho su compañía y también su imagen. El hecho de que no tenía tatuajes ni fumaba aumentaba mi agrado.

Durante todos esos días nos vimos mucho. Unas veces venía a mi estudio y tomábamos chocolate caliente. Otras, salíamos a los conciertos de The New World Symphony o, simplemente, a pasear por South Beach a tomar o comer algo. Hasta llegué a conocer a su novio, un joven alto muy apuesto.

Ahora venía para posar en vivo como habíamos quedado. Ya eran alrededor de las ocho de la noche cuando comenzamos a trabajar con sus senos desnudos. Como trabajo primero en el blanco y negro con óleo, no importaba que fuera con luz artificial. Solo trabajé en la parte del busto pues ya las piernas las había hecho por las fotografías. Estuvo acostada sobre el mueble antiguo con su busto al aire y era la primera vez que posaba desnuda. Aunque tenía puestos unos jeans. Se veía preciosa. El trabajo me quedó tan bien que ella quedó maravillada y me dijo que, a partir de entonces, prefería posar en vivo porque era más interesante. Mientas pintaba escuchábamos música de piano de Franz Liszt, un compositor húngaro, virtuoso pianista y organista del romanticismo.

Pero resulta que el propietario de una galería de arte en Miami Beach vio el cuadro y quedó tan impresionado, que me dijo que él lo podía vender en su galería por unos $30,000.00 dólares. Le dije que ese era para Raiza, pero que podía hacer algunos para que los exhibiera. Le comenté a Raiza sobre la posibilidad de vender el cuadro por esa cifra y me dijo que no se sentía cómoda exhibiendo su busto en Miami; en otra ciudad sí, pero no donde ella vivía. Cuando le dije al galerista que Raiza no quería exhibir el cuadro con los pechos al denudo, se molestó.

—Yo no tengo la culpa —le dije—. No puedo exhibir un cuadro si la modelo no está de acuerdo.

Resulta que Raiza terminó siendo una musa muy modesta con su propio cuerpo. Pero quedé tan complacido con la primera pintura finalizada de ella, que comencé otros dos cuadros iguales. Los hice a la vez y con diferencias sutiles entre sí. Serían regalos para mis hijas, uno para Lorna y otro para Loretta.

En ese tiempo también comencé a hacer cuarenta y ocho cuadros para las habitaciones del Hotel Harrison. Las estaban decorando al estilo japonés y los cuadros serían de Geishas. Le pedí a Michel, el francés, dueño del hotel, que me diera la habitación 304. Me gustaba ese cuarto como atelier durante el proyecto porque tenía siete ventanas que hacían esquina con la Avenida Collins y la Calle 19, brindando muy buena iluminación natural al espacio.

Estos proyectos me habían vuelto a apartar un poco de mi Sinfonía, pero el día del cumpleaños de Carina reanudé el trabajo en el cuadro No. 4, el único horizontal de la colección, cuyo dibujo había comenzado el 6 de marzo, día del cumpleaños de mi papá. Pensé que ella estaría cumpliendo 28 años ese día y reflexioné en lo rápido que se nos iba la vida. Le voy a rendir homenaje en el cuadro No. 4 dibujando su figura en el sofá, me dije, y quizás hasta empiece a pintar con óleo en blanco y negro. Eran casi las seis de la tarde cuando acababa la sesión de trabajo y limpiaba los pinceles. Pero estaba tan inspirado, que me puse a terminar el dibujo y, además, seguí pintando con óleo blanco y negro todo el fondo de la pared y el piso de madera. Dejaría para más adelante el sofá donde ella estaba recostada y finalizaría pintando el chal negro y el violín, cuando lo encontrara.

Para entonces tenía ocho lienzos de la colección de la Sinfonía Blanca colgados en las paredes de mi estudio y pintaba saltando de uno al otro. Dedicaba mucho tiempo a las capas de blanco y negro para definir más la figura y los rasgos de Carina. Les daba tiempo de por medio para que se fueran secando e iba alternando con los cuadros del pedido de Michel para el hotel y los dos de la modelo Raiza que hacía para mis hijas.

De esos ocho cuadros de la Sinfonía, el Número Seis fue el que me costó más trabajo. Pasé todo un lunes trabajando en el diseño y en la noche lo dejé porque no estaba satisfecho. Al otro día lo cambié todo y empecé de nuevo. Pero otra vez, para la noche, no estaba satisfecho. El miércoles en la mañana, después de desayunar, me puse a cavilar frente al sol que entraba por la ventana del estudio. Cerré los ojos, me esforcé en visualizar el cuadro ¡y se me iluminó mi imaginación! ¡Ya tenía mi cuadro! Comencé otra vez a dibujarlo y por fin lo logré.

Estaba una tarde enfrascado en todas mis pinturas cuando me llamó Grecia, la rubia hermosa venezolana, y me contó que se había comprado una casa y que estaba muy feliz. Después de conversar largo rato, quedamos en que me llamaría en un par de días para recogerme y llevarme a ver su casa. La llamada me alegró mucho porque hacía mucho tiempo que no hablaba con ella, desde la partida de Carina a San Francisco; eso, pese a haberla llamado varias veces.

—Pensé que te habías casado con algún millonario y no querías saber nada del pintor —le dije.

—No, todo lo he logrado con mi esfuerzo —me contestó.

—Eso me parece muy bien —le dije—. Hoy anotaré en mi diario que Grecia me llamó.

Eso le causó mucha gracia y algo de risa. Pero fue la última vez que supe de ella.

Llegó el día de los padres y, después de desayunar, recé por mi padre, por mi madre y por mi hermana María. Puse una fotografía de cada uno y les dije algunas palabras recordándolos y admirándolos por lo grande que habían sido y seguían siendo en mi vida. Era un día lluvioso y lo aproveché para darle colores al cuadro Número Dos de la Sinfonía Blanca, el del busto con el violín colgando en el fondo. Solamente retoqué el violín y el fondo del cuadro.

Como seguía en la búsqueda del violín perfecto, la imagen que utilizaba provisionalmente era una que había sacado de una lámina, que me había regalado Kathy, la concertista, para incluir su forma en las pinturas hasta que encontrara el definitivo. Todo iba exactamente como lo había visualizado y quizás hasta un poco mejor. Me estaba sintiendo muy complacido con mi obra.

Para finales de junio del 2007 comencé a darle colores a la figura de Carina del cuadro Número Uno de la Sinfonía. También empecé con los colores del cuadro Número Dos; trabajé mucho en definir su rostro y los brazos. Quedé muy satisfecho con el tono de la piel y la expresión de su rostro. Éste es el único de los cuadros donde ella tiene una sonrisa tímida en sus ojos.

Aunque había tratado de limitar mi actividad haciendo réplicas, Jacques continuaba en Francia y me llamaba con frecuencia para indagar cuándo iría para allá a hacerle algunos trabajos, pero yo estaba enfocado en la Sinfonía Blanca y le daba excusas. Pero ante su insistencia, acepté que me enviara el material para hacer dos cuadros. Eran dos réplicas al estilo de Amedeo Modigliani, una de un señor mayor en una biblioteca, y otra de lo que parecía ser un juez antiguo con peluca blanca y capa negra. En esta ocasión, pagó los cuadros por adelantado y con gran prontitud, enviando un cheque a casa de mi hija Loretta.

El político

Trataba de terminar los pedidos de Jacques cuando mi hija Lorna me llamó y me dijo que un conocido la había contactado para ver si yo podía hacer el retrato oficial del presidente de la Cámara de Representantes del Estado de la Florida, que en aquel momento era Marco Rubio. Parece que, por tratarse del primer Hispano y cubano-americano en ocupar ese puesto, andaban buscando un pintor que fuera de origen cubano, buen retratista, que viviera en Miami y que fuera apolítico.

Mi reacción inmediata fue decir que no. No me gusta pintar hombres. Pero mi hija me insistió tanto en la importancia histórica del proyecto, que acepté reunirme con él para conocerlo. Marco Rubio y su esposa me visitaron acompañados de un niño pequeño. Después de esa visita llamé a Lorna y le dije que, definitivamente, no deseaba hacer el cuadro del muchacho de la política. Pero Loretta me llamó y me dijo que Lorna le había pedido que hablara conmigo porque, después de ver a seis pintores, el consenso había sido que deseaban que fuera yo quien le hiciera el retrato.

Lo pensé y no me quedó más remedio que aceptar. Llamé a Lorna para que se comunicara con ellos y les dijera que quería pasar algún tiempo con Marco Rubio para conocerlo un poco más, percibir su aura, estudiar los retratos que se habían hecho en el pasado de los otros presidentes de la Cámara, y decidir si podía cumplir con este compromiso, ya que interrumpiría mi Sinfonía Blanca.

Todo terminó en que me sacarían un pasaje para que fuera a Tallahassee, capital del Estado de la Florida, viera la rotonda del Capitolio Estatal y los cuadros existentes de expresidentes de la Cámara a fin de que pudiera tener una idea de lo que había que hacer. Seis semanas más tarde, casi a finales de diciembre del 2007, fui a ver los cuadros de los expresidentes de la Cámara de Representantes que habían cumplido sus correspondientes términos desde 1859, creo. El viaje lo hice con Marco Rubio, su esposa, sus cuatro hijos; y dos asistentes. Pasé el día en Tallahassee y regresé a Miami en la noche. El joven político fue muy agradable, se esmeró mucho en ser cortés conmigo, conversamos sobre su trabajo, me dio un tour del pleno de la Cámara de Representantes y hasta me coló café cubano en su oficina. Fue una experiencia muy placentera.

Mis hijas habían insistido mucho en el valor histórico del cuadro, que tradicionalmente se devela cuando un presidente de la Cámara concluye su término, y que permanece en el Capitolio de Tallahassee por cientos de años. Accedí a hacerlo por su insistencia. Mi requisito fue el siguiente: "Lo voy a hacer con la condición de que yo no lo vea más a él; solo quiero contacto con su esposa. Que sea ella la que venga a mi estudio a evaluar el progreso de la obra".

Y así fue, la esposa resultó ser una mujer encantadora y apasionada por su esposo. Yo pintaba el cuadro basado en unas fotos que me habían dado de él, y cuando ella me visitaba, siempre compartía su visión de la obra. Ella me ayudó a verlo a través de sus ojos, con su cariño de esposa.

Pintar este cuadro me tomó los primeros cuatro meses del 2008. Era un proyecto que tenía una fecha de entrega fija, ya que se develaría en Tallahassee al concluir su término en el mes de mayo. La presentación del cuadro tendría lugar durante una ceremonia oficial después del discurso de despedida del presidente de la Cámara de Representantes. Yo no asistí, ya que planeaba un viaje de regreso a París.

Mi hija Lorna y mi nieto Daniel me representaron en el evento, y recuerdo que ese día, al concluir la instalación del

cuadro, me llamaron para que hablara con Marco. Nos saludamos; él sonaba complacido con el resultado de la obra, pero yo
me quedé convencido que se había logrado gracias a mis hijas
y a su esposa.

Regreso a París

Terminando el compromiso del cuadro de Marco Rubio no aguantaba más estar en Miami y me fui a París. Martina, la esposa de Jacques, me recogió en el aeropuerto y me llevó al hotel donde me había reservado habitación. Cuando llegamos ésta aún no estaba lista todavía y nos fuimos a comprar unos *croissants* en una panadería cercana al apartamento donde ellos vivían. Allí me encontré con Jacques; enseguida me hicieron café y me pude deleitar con el *croissant*, mucha mantequilla y mermelada.

Jacques me enseñó un estudio nuevo que había adquirido y hablamos de la posibilidad de hacer algo de trabajo allí juntos. Me llevaron al hotel porque yo necesitaba dormir, estaba con la mala noche del viaje. Al llegar al hotel, después de una ducha, me acosté y soñé con Ligia, la mujer que amé, juzgué mal y que desapareció de mi vida embarazada por mí.

"No recuerdo cómo, pero me había encontrado a Ligia y nos habíamos acostado juntos. Pero no sé lo que ocurrió, porque el caso es que me despierto en una cama y no sé cómo he llegado allí. Me despierto y, al no ver a Ligia a mi lado, pienso que cuando me encontré con ella algo raro había ocurrido, una especie de hipnosis, porque no me acordaba de nada de lo que había ocurrido después. ¿Por qué no estaba a mi lado si nos habíamos acostado juntos? Me levanté desesperado buscándola y la vi acurrucada en el suelo, tapada de pies a cabeza con una cobija. En la segunda parte de este sueño, ella estaba sentada en el piso y yo me había sentado frente a ella. Le decía que había sido el gran amor de mi vida y que no quería perderla. No sé qué pasó, ya ella no estaba allí conmigo, pero yo la esperaba."

El sueño fue más largo que eso y no recuerdo todos los detalles. Al final, yo andaba perdido en un vecindario buscando donde ella vivía y me encontraba entre un grupo de pandilleros que me atacaban, era como que, me querían castigar. Tuve que salir corriendo porque eran muchos, me tiraban piedras, y yo corría y corría huyéndoles. Estaba desesperado y no veía salvación. Pero la hubo: desperté.

Y desperté alegre porque había estado con Ligia y le había podido decir que ella era el amor de mi vida.

Tuve un segundo sueño con ella. Fue corto:

"Yo estaba acostado en un colchón grande, en el suelo, con sábanas blancas y mosquitero abierto, por un lado. Por lo visto estaba sufriendo por la ausencia de Ligia. Boca abajo con la cabeza entre las almohadas y llorando por ella. De pronto alguien me llamaba y era ella. "No sufras más, yo te quiero", me decía. "Quiero estar contigo. Pórtate bien."

Me desperté feliz. Fue un sueño corto pero muy bueno. Resulta interesante que después de tanto tiempo soñara dos veces seguidas con ella en París.

Sentí que me había perdonado.

Salí a pasear por el Boulevard du Montparnasse y caminé mucho. Al regreso, en el Metro, vi a una chica con un estuche de guitarra al hombro. Me acerqué y le hablé en inglés:

—Excuse me, do you speak English? I am looking for a store to buy a violin. Do you know one here in Paris?

—¿Hablás castellano? —me preguntó.

—Sí, es mi idioma —le respondí.

Le expliqué que buscaba un violín, pero no para tocarlo, sino para usarlo con una modelo en una pintura. Por lo tanto, quería comprar uno que no fuera muy caro, más bien barato, de unos 700 euros.

—Se puede conseguir por unos 400 euros —me dijo—. ¿Por qué no lo alquilás?

Le conté la historia de Carina y los 21 cuadros de la Sinfonía Blanca y que quería que el violín quedara de recuerdo.

Me dijo que era de Argentina y que tocaba la guitarra, cantaba y componía canciones. Me propuso, si yo quería, ir conmigo en ese momento a ver el violín. Le dije que tenía que ir al hotel a hacer unas cartas, pero que después podíamos ir. Tras coordinar cuándo nos veríamos para ir a comprar el violín, me dijo que, si necesitaba una modelo, ella estaba dispuesta a posar para mí.

—Me gustaría también. Me gusta sentir admiración por quien pinto. Me gusta pintar a chicas jóvenes en un ambiente de música o literatura. Que sean pequeñas y delgadas, como Carina, y tú eres así —le respondí.

—Bueno, no creas. Mi figura es más de lo que te imaginas. Yo he posado para pintores en Argentina.

Le conté de mis trabajos con Jacques, de mis cuadros para Charles Aznavour y Johnny Halliday. Le dije que Carina estaba en San Francisco.

—Entonces no tenés modelo aquí —afirmó—. Puedo modelar para vos y ayudarte en todas tus gestiones. Mirá, si querés, podemos vernos mañana después del mediodía, almorzar juntos e ir a comprar el violín.

Al día siguiente, el 16 de octubre del 2008, nos encontramos en la tienda del violín, Yan Ullern, en la Rue de Rome. Gabrielle, así se llamaba, estaba vestida con pantalones y suéter negro, con una bufanda negra enrollada al cuello. Llevaba el cabello recogido en un moño, en un estilo medio desordenado y en las orejas, unas argollas parecidas a las que usan las bailarinas de flamenco. Al verla, me di cuenta de que tenía un lunar sobre los labios, como esa modelo famosa, Cindy Crawford, y llevaba un arete en la nariz. La forma de su nariz me recordó a la de la madre de mis hijas.

—Se te ve muy bien el color negro —le dije al saludarla.

—A vos también —contestó.

Parecía que nos habíamos puesto de acuerdo para vestir.

En la tienda tenían una gran variedad de instrumentos y pedimos que nos pusieran varios violines en el mostrador para verlos de cerca. Ella los miró uno por uno con gran interés. Primero los levantaba por abajo con las dos manos, los elevaba a la altura de los ojos y guiñaba un ojo, como para apreciar el nivelado del instrumento. Rasgaba las cuerdas para que yo escuchara el sonido. Luego se los ponía en el hombro izquierdo como si los fuera a tocar. De hecho, pidió que le permitieran tocar un par de ellos. Miraba uno tras otro en silencio, como si los estuviera catando. Los trataba con gran cariño, y cuando los regresaba al mostrador, les pasaba el dedo índice, acariciando la madera.

—Me gusta mucho éste —dijo de repente, señalando a uno medio rojizo.

—Estoy de acuerdo. De todos, ese es el que más me gusta para la Sinfonía Blanca —le contesté.

Así de fácil. No podía creer que yo había buscado este violín en Miami, por mi cuenta y con Carina, y luego en Barcelona, y que al cabo de nueve años lo hubiera encontrado con una mujer músico y aventurera en pleno París. Llegó en el momento preciso, cuando ocho de las pinturas ya estaban listas, esperando solamente a que apareciera el violín para incorporarlo.

Nos tomamos algunas fotos en la tienda antes de irnos y yo sentí que necesitaba celebrar el acontecimiento. Nos fuimos a almorzar cerca de la Catedral de Nôtre-Dame y luego paseamos por todo París, con altos en distintas pastelerías para tomar café con leche, pasteles y todo cuanto nos apetecía. No hay duda de que el ambiente de París no se parece a ningún otro. Y ahí estaba yo, caminando sus calles con una mujer hermosa y con mi violín debajo del brazo. Nos despedimos a las once de la noche, pero con la promesa de que nos veríamos a la noche siguiente para cenar y celebrar formalmente. Y así lo hicimos. Al día siguiente, después de que Gabrielle salió de la facultad, nos fuimos a cenar a un restaurante cerca de la Torre Eiffel.

Lo único en que yo podía pensar era que, finalmente, había conseguido el violín de la Sinfonía Blanca y que lo tenía conmigo. Era un violín antiguo, con historia, no como el de la película El Violín Rojo, pero con nuestra propia historia. Llevaba nueve años esperando por mí, y yo por él. Cuando lo traje al estudio le dije: "En mi pintura serás el compañero eterno de un vestido blanco, un chal negro, y la mujer más bella del mundo." Eso mismo le había dicho al vestido blanco hacía diez años, cuando la costurera me lo entregó.

Fueron cuatro meses de felicidad en París. Una tarde fui a pagar por adelantado mi estadía en el hotel y el dueño, un viejito muy cordial, me preguntó dónde yo pintaba. Le dije que en Miami. Entonces me dijo que si yo pensaba pintar en la habitación lo podía hacer, que me autorizaba. Esto de que me diera permiso para pintar me pareció gracioso y fabuloso. Incluso me ofreció una mesita antigua muy bonita para que la utilizara y, además, un plástico para poner encima de la alfombra. "Mi hijo le subirá la mesita", me dijo.

El Hotel Montebello no era muy elegante y había que pagar en efectivo. Pero Marcel, el dueño, y su hijo eran muy buenas personas y el hotel estaba muy céntrico, en el corazón de París.

Compré algunos materiales y un caballete simple, pero que me servía para realizar los trabajos que tenía pendiente. El primer pedido de Jacques fue pintar a una joven muy linda al estilo Boticelli. Me fui al Museo del Louvre y compré un libro de Boticelli para estudiar mejor su forma de pintar y aplicarlo al cuadro de la niña. Ya yo estaba pintando el cuadro de Ashya, una modelo rusa con muy buen cuerpo, a quien le había tomado unas fotos de espaldas. De ella estaba haciendo dos obras, una para Lorna y otra para Loretta. Y, también para Jacques, un cuadro de un tigre en un desierto, aunque lo pintaba como tigresa.

Aprovechando que estaba en París, fui a visitar a Isabelline a su casa, y conocí a su esposo y a sus dos hijos; para esa época ya había hecho familia. Estaba más delgada, pero más bonita. Como siempre, me atendió muy bien y quedamos en que me llevaría a pasear por la Avenida de los Campos Elíseos. Fue una visita muy hermosa y me agradó mucho volver a verla. Resulta que mi musa parisina había cambiado su época de modelo por responsabilidades hogareñas.

No me quería ir de París sin visitar la sepultura de Oscar Wilde. Dediqué una mañana al Cementerio Père Lachaise, que es la necrópolis intramuros más grande de París y una de los más célebres del mundo, que tiene la peculiaridad de que muchos parisinos la utilizan como parque. Me tomé una fotografía al lado de su tumba y también visité las de Edith Piaf, la de

Honoré de Balzac y la de Amedeo Modigliani. Fue una jornada muy interesante y emotiva. También visité el Museo de Orsay. Las pinturas que más me llamaron la atención fueron las de Jean Désiré Gustave Courbet, las de Edgard Degas y las de uno que no había visto antes, Henri Fantin-Latour. Además, logré visitar una vez más el Museo del Louvre y permanecí largo rato en la sala de Johannes Vermeer.

Paris es tan agradable que el tiempo se va sin darse uno cuenta. Los ocho cuadros iniciales de la Sinfonía ya estaban adelantados en la fase de tonos blanco y negro, listos para que continuara aplicando los colores. Le faltaban muchos detalles todavía. Por ejemplo, al cuadro No. 4, donde aparece ella acostada en el sofá, le voy a agregar el chal negro sobre el respaldar del sofá, el violín comprado acá en París, al lado de ella, y el libro Memorias de una Geisha. En los demás cuadros también aparecerán el violín, el chal negro y algún libro o carta. Empecé a buscar en París un ejemplar antiguo del libro El Retrato de Dorian Gray, de Oscar Wilde, para agregarlo a la colección de objetos utilizados en los cuadros de la Sinfonía Blanca.

La estadía me resultó provechosa porque me permitió evaluar mejor la forma de terminar los cuadros de la Sinfonía Blanca. Después de este viaje a París y de hacer varias pinturas, mi técnica se ha enriquecido y mi intelecto también. Me he dado cuenta de que tengo miedo de volver a hablar con el padre de Carina, por temor a que me diga algo negativo sobre su conducta que influya en mí, entorpezca mi obra, me haga cancelarla o, peor, destruir lo ya realizado. No quisiera saber nada de ella hasta que termine los 21 cuadros. Yo solo quiero pintar de manera en que: El día en que me muera pueda decir, he sembrado. Algo que hice mucho durante esta estancia en París, fue sentarme a escribir cartas a mis hijas en las noches, cuando regresaba al hotel.

Querida Hija Lorna:

Te estoy enviando este CD con las fotografías de los cuadros en proceso de la Sinfonía Blanca. Estoy tan feliz y a gusto en esta fascinante ciudad que los días se me van sin darme cuenta. Hoy en la mañana comenzó a nevar y salí para ver a París nevado. Es un día precioso, típico de París, y lo estoy disfrutando con un buen café con leche y tostada. Ya le he hecho dos cuadros a Jacques. Uno de una adolescente al estilo de Boticelli, y otro de una actriz muy famosa que se llama Isabelle Adjani. Jacques vino vestido muy elegante a recoger el cuadro y me dijo que iba para una entrevista de televisión, mejor dicho, una filmación que mostrarían eventualmente en la televisión. No sé si presentó el cuadro en el programa. Hace unos días visité el Cimetière du Père Lachaise y vi la sepultura de Oscar Wilde, la cual está llena de huellas de labios de mujer porque las visitantes se pintan los labios para dejar el beso marcado en la loza. Me siento como si hubiera vivido toda la vida aquí. ¡Esta es mi ciudad! Ya les continuaré informando de mis actividades.

Reciban tú y Daniel todo el amor de tu padre que los quiere mucho y los extraña,

Manuel.

P.D. Estoy quedando muy satisfecho con mi pintura, con mi violinista.

La tabla de planchar de la abuela

Tras concluir la lectura y la transcripción del manuscrito y los diarios de mi padre, pasé varios días en un estado semi catatónico. Lo único que atinaba a hacer era contemplar sus cuadros, los que me había enviado con tanto cariño a través de los años. Ahí, parada a unas dos pulgadas de cada una de sus obras, pude, de una vez, entender su insistencia en lograrlas y dejárnoslas en herencia. El vestido blanco hecho a la medida para Carina, la mantilla negra que a ella le gustaba, el violín que tomó nueve años encontrar, el libro del Retrato de Dorian Gray, los muebles antiguos, el estudio del pintor, y la mirada lánguida de su musa, todo quedó creado en la obra de mi padre. La obra que él sintió en lo más profundo de sí. Al conocer su lucha interna para lograrla, el valor de cada pintura se multiplicó en mi alma.

La perfección es lo que buscan los artistas. Quizás mi padre siempre la buscó en sus musas, exigiendo más de lo que ellas podían dar y de lo que cualquier humano puede obsequiar. Esa vida artística entregada a encontrar una perfección carente en la vida real, y a buscar por todos los medios una belleza y pureza irreales. Sus cuadros son una reflexión de la incansable búsqueda de perfección inexistente. Transmisores poderosos de su sueño, de su propia realidad, a través de ellos creó una criatura de misterio elegante e inalcanzable.

Tras ese último viaje a París cambió su vida. Terminó los cuadros que había comenzado y creó otros que forman parte de la colección de su Sinfonía Blanca, parte del legado que quería dejarnos a mi hermana y a mí.

Ya habían pasado más de tres meses desde su muerte y su apartamento continuaba intacto. Así lo había decidido mi hermana, quien quería conservarlo como una especie de museo por un tiempo, un lugar adonde ella pudiera acudir en momentos de dolor para "hablar con él". Acordamos que yo viajaría a Miami para la temporada festiva de fin de año, de ese año marcado por la pandemia mundial de COVID-19, para que, juntas, desmontáramos su vivienda.

El 15 de diciembre de 2020 me monté en mi vehículo SUV y, por primera vez desde que me mudé de Miami a Maryland, tomé la autopista I-95 rumbo sur, a solas, decidida a conducir directo las 16 horas, parando solamente para abastecer el auto de combustible y para utilizar el baño en las zonas de descanso en la carretera.

El viaje fue placentero y sin ningún percance. Me dediqué a hacer repetidas veces un inventario mental de todo lo que debería buscar dentro de su departamento que estuviera relacionado con sus diarios, su Sinfonía Blanca y las mujeres destacadas en su vida. Fue durante este viaje que me di cuenta de que habían transcurrido 21 años sin que yo hubiera pasado tiempo substancial en el entorno de mi padre. Era él quien siempre me visitaba y pasaba temporadas en mi casa. Cada vez que yo había visitado Miami me había quedado en casa de mi hermana o en un apartamento de mi madre en Miami Beach. Cuando lo visitaba en su casa solo le dedicaba algunos minutos, siempre apurada. Me contaba cómo iba avanzando con su propia pintura, los retoques que faltaban, los cuadros que quería comenzar, y reiteraba su ilusión de que algún día llegaría a exhibir sus obras en Washington, D.C. o en París. Yo, ajena a su tormento interno y algo indiferente a su proyecto, le escuchaba pensando que su sueño se había vuelto letanía y algo inalcanzable. Siempre me despedía diciéndole: "Quizás los termines antes de morirte".

Iba atravesando el estado de Carolina del Norte cuando recordé su visita a Maryland, en el otoño del 2014. Me insistió en que le comprara dos lienzos exactos porque quería hacer dos réplicas del cuadro de La Joven de la Perla, de Johannes Vermeer. Recordé cómo, cada mañana, después de su desayuno, se sentaba al lado de la ventana con los dos lienzos frente a él e iba del uno al otro, repitiendo los mismos trazos de pintura en cada uno. Era como si dijera: "una pincelada para Lorna, otra para Loretta". Repartió su talento equitativamente y así nos dejó dos réplicas hermosas que fueron su mejor trabajo antes de que su mente comenzara a abandonarle y a opacar su don. Tras revivir esa imagen, empecé a llorar reprochándome una y mil veces por no haber pasado más tiempo con él durante esas visitas mías a Miami; por no haberme tomado el tiempo de indagar el porqué de su obsesión con pintar a Carina y los 21 cuadros; por haber vivido ilusa a la conmoción que había reinado dentro de él.

Llegamos a casa de nuestro padre en absoluto silencio. Ya habíamos atravesado ese umbral tras su muerte y sabíamos exactamente lo que se siente al ingresar en el espacio vacío que deja el ser querido. Ese eco escalofriante, mezcla de impotencia, furia, tristeza y temor. Estábamos conscientes de que este esfuerzo tomaría fortaleza ya que todo permanecía intacto en el interior, idéntico a como había estado en su último día en esta vida.

Ahí, en una esquina del dormitorio, estaban los zapatos y las medias que se había quitado la noche en que murió, el cesto de lavandería contenía las últimas ropas que se había puesto, sus camisas y pantalones negros colgaban en el closet, la silla donde se sentaba a pintar permanecía frente al cuadro sin terminar que me estaba haciendo. Y las tres obras de Carina que finalizó en el 2005 y que conservaba para sí, estaban elevadas en unos caballetes de ocho pies que él mismo había fabricado.

—Lo primero es recolectar su ADN —dije.

Mi sobrina nos acompañaba y un gesto de su cara denotó que no entendía muy bien.

—Es posible que tengamos una hermana o hermano. No estamos seguras. Queremos estar listas para cuando aparezca —le dije.

—¿Tienen una hermana? ¿Cómo saben?

—No sabemos, pero es muy posible. Nos enteramos por los diarios de tu abuelo.

—¿Y qué van a hacer?

—Esperar. Ya aparecerá —le contesté.

Saqué una bolsita plástica y fui directo al cesto de lavandería. Cogí el último calzoncillo que se había puesto en vida. Era de la marca 2(X)IST, la misma que buscaba en aquella tienda en el año 1999 cuando conoció a Carina. Fui al baño y tomé su cepillo de dientes azul, su navaja de afeitar, su peine, su cepillo de peinarse que aún tenía varios cabellos, y la tijerita que utilizaba para cortarse los pelos de la nariz. Me detuve un instante inspeccionando el baño y al mirar dentro de la bañera, me di cuenta de que había una alfombrilla de ducha que tapaba el tragante donde había quedado atrapado un puñado de cabellos grises de mi padre. Recordé aquella abundante cabellera que acomodaba para que quedara perfecta, sin un solo pelo fuera de lugar. Me agaché y, aguantando las ganas de llorar, los recogí y los puse dentro de la bolsa.

Mi sobrina me seguía en el recorrido del apartamento y, atónita al verme sacar los cabellos de mi padre de la bañera, solo atinó a exclamar:

—¡Eso es asqueroso!

—Lo sé —le contesté—, pero necesario.

Mi hermana revisaba algunos de los cajones de un mueble que estaba en la sala. Encontró calendarios del 2018 y 2019 detallando sus actividades día a día. Llevaba dos años anotándolo todo. Haciendo papelitos para acordarse de ir al supermercado; de cuando tenía que untarse una crema tópica en la uña del dedo gordo de la mano izquierda que le había cogido hongo, producto de las mismas pinturas y el aceite de linaza que utilizaba para pintar; de cuando tenía que ir a cortarse el cabello con María, su peluquera de hacía treinta años. Recordatorios de todos sus pasos. "El 13 es el cumpleaños de Loretta", decía una nota. Nos dimos cuenta de cuánto había perdido sus facultades y cómo lo había disimulado ante nosotras.

—Pongamos las ropas en estas bolsas plásticas —dije—. Deben ir a la basura.

—¿Por qué? —preguntó mi hermana.

—Leyendo sus diarios me di cuenta de que no le gustaba donar sus ropas ni sus pertenencias. Creía que pasaba su energía a otros seres. Así que las tenemos que botar.

Sin responder, mi hermana comenzó a descolgar cuidadosamente las camisas y a doblarlas como si fuera a envolverlas para regalo. De hecho, había sido ella quien le había regalado muchas de esas prendas de vestir. No pude adivinar cuáles eran sus pensamientos en ese momento, pero al verla tan inmersa en su propio dolor, comencé a halar los pantalones de las perchas con descuido y a tirarlos en la bolsa.

—¿Lo botamos todo? —me preguntó.

—Sí, con excepción de lo que queramos cada una y lo relacionado con su Sinfonía Blanca.

—¿Y los muebles?

—También. Yo solo me voy a llevar la butaca donde se sentaba a pintar, la mesa donde ponía las pinturas, y los caballetes. No sé si me cabe todo en el auto, pero veremos.

—No te preocupes, el Chino te los hace entrar en el carro.

Nos reímos. El Chino, mi cuñado, había sido quien, a través de los años, había puesto el músculo para mudar a nuestro padre cada vez que se le antojaba. O sea, cada vez que entraba en estado de crisis emocional o quería huir de un romance.

La tarea era ardua. Había muchas cajas polvorientas y llenas de pelo de gato por doquier. De hecho, había bolas de pelo de gato por todo el apartamento. Nuestro padre había adoptado a un gato callejero que venía todos los días en busca de comida y le hacía compañía por algunas horas. Tras su muerte, mi sobrina continuaba poniéndole comida a Jorge Luis, que así le llamaba nuestro padre.

Abrimos la primera caja y, para nuestra sorpresa, descubrimos en su interior nueve sobres de 12"x18" muy organizados. Cada uno tenía un nombre escrito por afuera: Raiza, Shannon, Isabelline, Lidia, Roselyn, Helen, Rachel, Ashya y Lilia. Los abrimos y encontramos que cada uno contenía fotos y dibujos de cada una de estas mujeres. De inmediato reconocimos a Raiza, a Ashya y a Shannon, ya que nuestro padre había hecho dos pinturas de cada una, una para mi hermana y otra para mí. Las hizo repetidas, pero no idénticas, incorporando diferentes accesorios en las obras para diferenciarlas.

—¿Has visto a alguna de estas mujeres alguna vez en persona? —le pregunté a mi hermana.

—Solo vi a Carina un par de veces. Y a Lilia, por supuesto. ¿Crees que todas ellas tienen cuadros hechos por él?

—Es posible. Al menos sabemos por los diarios que Isabelline, la francesa, recibió un dibujo. Carina, la brasilera y Kathy, la concertista, también. Es posible que Raiza, la yugoslava, haya recibido una pintura al igual que Lidia y Alice —le dije.

De todas las mencionadas en esa caja, a la única que yo había conocido era a Lilia. Nuestro padre la había llevado a un desayuno en casa de mi hermana un día de Navidad, hacía doce años, y nos la había presentado. De ella no había nada en el manuscrito. Yo siempre le preguntaba a mi padre por ella cuando nos veíamos, y él me respondía: "Ahí está, sigue fiel".

Fue ella, precisamente, la última mujer a quien besó cuatro días antes de morir. Durante mi viaje de emergencia a Miami, tras su fallecimiento, una de las cosas que hice fue registrar el teléfono celular de nuestro padre y llamé a las últimas personas con las que había conversado. Una de ellas era Lilia. Cuando le di la noticia de su muerte pude palpar su tristeza. Se habían visto el lunes anterior y él la había llevado a su peluquera, María, para que le cortara el cabello. "Al despedirnos me dio un besito suave en la mejilla y quedamos en vernos el viernes para ir a comer pizza" —me dijo.

Lilia era una chica que trabajaba en el banco donde nuestro padre tenía su cuenta corriente; se conocieron un día en que él fue a hacer un depósito. Le dijo que era pintor, intercambiaron números de teléfono y, según él, se conocieron una semana antes de que él partiera a París, en el 2008. Fueron siete días tan intensos que esa relación, con sus altas y bajas, continuó hasta el día de su muerte. En un ataque de celos Lilia le había roto uno de los cuadros de la Sinfonía Blanca que ya estaba terminado. Atravesó el lienzo con un cuchillo, según me contó ella misma. Luego nuestro padre repitió esa obra, su última de la Sinfonía Blanca, y me la envió.

La otra mujer en la vida de mi padre que yo había conocido era Margaret. La vi en una ocasión, cuando visitó Miami, y otra, cuando yo visité Barcelona en el 1990 y ella pasó a verme por unos instantes. Nunca la conocí mucho, siempre la vi como una mujer distante que se conducía con cierto aire de superioridad. De ella no había sobre en la caja de mujeres pintadas por nuestro padre. Quizás porque ya de ella existían varias pinturas y dibujos hechos por otro artista. Encontré dos libros del pintor español Ramon Pichot. En uno de ellos aparecía una pintura de Margaret en la portada. Ella, sentada desnuda frente a una mesa, con los brazos cruzados sobre el borde, sosteniendo sus pechos desnudos entre sus brazos. Bust i flors se llama el óleo, que fue hecho por Ramon Pichot en 1983.

Al abrir el libro cayeron al suelo unas fotos, unas cartas y unos catálogos de la Sala Parés, una legendaria galería de arte en Barcelona. Recogí todo del piso y me di cuenta de que eran las tres cartas que había enviado Juan, el amigo de Margaret, a las direcciones de mi hermana, mía y de nuestro padre, para asegurarse de que le llegara la noticia de que ella había fallecido. Las fotos eran de ella durante su última visita a Miami, otras en su peluquería en Barcelona, algunas reposando en un sofá jugando con un perrito, y una en blanco y negro donde se veía joven y hermosa. Según la explicación de Juan en la carta, esa foto en blanco y negro era ella en el invierno de 1973, año en que conoció a nuestro padre. Con razón, a partir de conocer a

Margaret, había aceptado llamarse Manuel. Después de todo, él no era más que un cubanito refugiado en España, que, aunque elegante galán, tenía poca experiencia de la vida fuera de Cuba. Y ella le había abierto los ojos a un mundo artístico que él jamás había imaginado.

Abrí el libro para volver a meter las fotos y cartas cuando me percaté de una dedicatoria: "Para Manuel y su locura, Marga y la mía". Sí que fueron locos, pensé. Al hojearlo vi otras siete reproducciones de pinturas de Margaret. La curiosidad me llevó a abrir el segundo libro de Ramon Pichot por Maria Lluïsa Borràs. Éste tenía pestañas marcando varias hojas y unas flechitas que indicaban cada cuadro que mostraba a Margaret posando. Conté un total de 36 pinturas de Margaret, que incluía algunas repetidas del otro libro. En ese momento descubrí que Manuel, el hombre que había fallecido en ese apartamento, había sido formado artísticamente por la influencia de Margaret en su vida. Él traía el talento artístico de nacimiento. De hecho, me contaba que cuando era niño mi abuela Belén le solía decir: "Cualquiera puede ser piloto, pero no todo el mundo puede ser artista; con eso se nace y tú naciste con eso".

Pero él, el menor de cinco hijos, lo interpretó como que su madre no quería que volara, y le llevó la contraria por muchos años. Hasta que el gobierno comunista cubano lo obligó a pintar insectos bajo un microscopio en la Academia de Ciencias de La Habana y pancartas del revolucionario cubano Camilo Cienfuegos en la Plaza de la Revolución, para poderse ganar el derecho a salir de Cuba.

Margaret llegó y fue la primera en alimentar su capacidad artística. Ciertamente, ella despertó en él el deseo de ser pintor. Y de pintar solamente a mujeres. Por eso, la nombró "la musa original".

Mientras tratábamos de desentrañar quién era quién en las tantas fotos que encontramos en otra caja, empezamos a desenrollar varios dibujos que estaban recostados a una pared del dormitorio.

—Hay que alisar estos dibujos, están muy buenos para una exhibición de arte —le dije a mi hermana, mientras me percataba de lo estrujados que estaban.

Callé de inmediato para meditar en lo que recién había dicho.

—Tengo esa tabla de planchar antigua que me recordó tanto a la abuela Belén el día en que él murió —añadí un momento después—; los voy a prensar en esa tabla cuando llegue a casa.

Debajo de todos aquellos dibujos había uno doblado. Era el diseño del cuadro Número Uno de la Sinfonía con una nota que decía: "Este sketch fue dos veces a Barcelona y una a París." Uno por uno, fuimos encontrando los diseños de los cuadros de la Sinfonía Blanca que había terminado, algunos maltratados y desgarrados de tanto pegarlos y despegarlos de las paredes. También encontramos dibujos de la Sinfonía Blanca que nunca se materializaron en el lienzo y que veíamos por primera vez. Mientas más los miraba, más me preguntaba: ¿Quién es esta mujer que inspiró, obsesionó, desequilibró y permaneció dentro de mi padre hasta su muerte? Arrastró con ella 21 años. Pese a que no la había vuelto a ver desde el 2003 y que comenzaba a perder la memoria y su destreza de pintor, continuó rindiéndole honores pintándola basado en fotos y en el rastro de su recuerdo. Con ella, cristalizada en el lienzo, pudo soportar el tedio de la vejez y su soledad.

Me acordé de la última pintura de Carina que me había mandado mi papá, el duplicado de la que había atravesado con cuchillo Lilia. Un buen día, a principios del 2019, recibí un tubo con la pintura y el bastidor. Al abrirla me quedé sorprendida. Me di cuenta de que la Carina de esta pintura no tenía gran parecido a la de las primeras pinturas hechas en el 2005. Ante todo, su reflexión en el espejo. La mujer reflejada parecía ahora un fantasma. Pálida, lánguida y con una mirada moribunda perdida en el infinito. Verla me produjo conmoción. Fue entonces, esa tarde en el apartamento, que comprendí que el reflejo de la mujer en esa pintura era simplemente la proyección de lo que acontecía en la mente de nuestro padre. Su memoria se iba desvaneciendo, y ella se iba esfumando.

Yo trataba de catalogar los dibujos y mi hermana se enfrascó en continuar limpiando los cajones del mueble de la sala. Encontró decenas de postales en sus sobres, las cuales nosotras le habíamos regalado a través de los años. "Mira esto, no botaba ni los sobres de las postales que le dimos" —repetía ella.

También encontró muchos papeles donde se notaba que practicaba su letra de molde antes de dedicarnos alguna tarjeta de cumpleaños. "Yo tengo dos Venus, y hoy es el cumpleaños de una de ellas. ¡Feliz cumpleaños, Loretta! Mi niñita linda", leía una de esas notas.

Fue un día de reencuentro con nuestro padre. Llegamos a otros rincones de su ser que él, en vida, no había compartido. O que quizás nosotras, absortas en nuestro mundo egoísta de hijas, no nos habíamos interesado en conocer.

Habíamos adelantado bastante revisando minuciosamente el apartamento. Pero aún quedaba bastante por hacer, incluyendo revisar una caja de cartón grande que parecía zafarse por las esquinas.

Regresé al día siguiente sola ya que mi hermana tenía que trabajar. Al entrar al apartamento abrí las cortinas de las ventanas y dejé la puerta abierta. Me senté en el suelo, arrastré la caja hacia mí y me puse a sacar su contenido.

Lo primero que vi fue su registro de horas de vuelo que tenía adentro su licencia de piloto privado otorgada en la década de los 80 por la Administración Federal de Aviación de los Estados Unidos. Un permiso oficial para pilotar aviones monomotor. Sentí orgullo y lástima. Orgullo porque logró, al menos, obtener su licencia de piloto privado en este país. Tristeza, porque nunca más piloteó.

Encontré más casetes identificados como grabaciones de 1979, con las voces de mi hermana y mía. De inmediato me remonté a esa época en que las comunicaciones entre Cuba y los Estados Unidos estaban limitadas a cartas, telegramas, llamadas telefónicas esporádicas y a enviar cintas grabadas con conocidos que viajaban a la isla durante ese primer período de reapertura, cuando muchos cubanos en el exterior llegaron a reencontrase con sus familiares. Recordé cómo, en mi adolescencia, me sentaba frente a una grabadora a "hablarle a mi papá", a contarle cómo me iba en el colegio, cuánto le extrañaba, y cuánto quería volverlo a ver. Atiné a poner los casetes rápido en mi cartera y decidí escucharlos cuando regresara a mi casa en Maryland.

Seguí rebuscando en la caja y encontré una colección de cartas y telegramas de mediados de los ochenta y principios de los noventa de su padre, madre, y hermana. Su padre, siempre preguntando por su bienestar, felicitándolo por las fechas de cumpleaños, y agradeciendo los envíos de medicinas y otros artículos a la familia en Cuba. Sentada en el suelo y recostada a la pared abrí un sobre amarillento de una de las cartas de mi abuelo a mi padre. Ver el papel que mi abuelo Olegario había utilizado me transportó a mi propia infancia. Eran hojas de cuadernos escolares con renglones extraídas de una libreta como las que yo había utilizado durante mis años de escuela primaria en la isla.

La Habana, 23 de junio de 1990

Querido hijo Manolo:

Tu carta y la postal llegaron oportunamente por el Día de los Padres. Los halagos que me haces en la felicitación me resultaron de gran estímulo, son reconocimientos que no todas las veces se expresan, aunque se sientan. Muchas gracias por todo lo que me dices. Yo también doy gracias a Dios por haber tenido hijos ejemplares en todos los aspectos de la vida. Ya veo que Lorna está haciendo un recorrido bastante amplio e interesante, hace bien en disfrutar la juventud pues después llega la vejez y ya nada se puede hacer, yo hablo por mi propia experiencia, que no tuve disfrute en mi vida en ninguna etapa y hoy en mi vejez ya estoy vencido y no puedo aspirar a nada, aunque debo decir que no me pesa en nada haber sido como yo he sido, pues me siento satisfecho de cómo he desarrollado mi vida y si hoy tengo alguna felicidad es en tener hijos ejemplares en todos los aspectos.

Recibe un fuerte abrazo de tu padre que te quiere y no te olvida, Olegario.

Traté de que mis lágrimas no mojaran ese viejo papel mientras intentaba entender el remolino de pensamientos que me asaltaba. Qué pena que el abuelo Olegario fue tan sacrificado, no disfrutó de su vida a todo dar y nunca quiso abandonar esa isla para conocer más del mundo, pensé. Yo desconocía la intimidad de las comunicaciones entre ellos. Pese a la distancia, el paso de los años y la separación, había un vínculo entre ambos que perduró hasta la muerte de mi abuelo. Nuestro padre halagando al abuelo... ¿qué le habría dicho que le emocionó tanto? El abuelo se refería a un viaje que yo había hecho a Italia en aquel entonces. ¿Estaba mi padre tan orgulloso de mi aventura que se lo contó al abuelo?

En ese momento percibí un movimiento súbito y me levanté rápidamente. Era Jorge Luis, el gato callejero, que había ingresado al apartamento y ya entraba en el dormitorio. Con mi salto lo había espantado. Regresaba al suelo cuando llegó mi sobrina Andrea. Sin pedírselo, se sentó de inmediato a mi lado y empezó a mirar todo lo que yo sacaba de la caja.

Había muchas fotos en blanco y negro de la familia de mi padre y un papel donde él parecía tratar de establecer el árbol genealógico familiar. Yo intentaba explicarle quiénes eran y repasaba historias de cuando su madre y yo éramos pequeñas en Cuba. Ella tomó bolígrafo, papel, ligas y sobres y comenzó a categorizar todas las fotos familiares. De mujeres que nunca habíamos visto, de pinturas hechas por mi padre, de postales, cartas, y todos y cada uno de los artículos de periódico que se habían publicado sobre mí debido a mi trabajo como periodista. En fin, se encargó de organizar aquel mundo al que estábamos entrando, descifrando, no solo el orden cronológico, sino también el orden emocional.

—Aquí tienes los casetes y CD de la música favorita de él —me dijo.

—¿Y cómo tú lo sabes? —le pregunté.

—Porque cuando se ponía a pintar los ponía muy alto y yo los oía.

—¿Pintaba todavía?

—Ya no tanto. Pasó mucho tiempo tratando de terminar la pintura esa tuya —dijo señalando al cuadro de la foto de mis 50 años que quedó sin terminar—. Borró la cara varias veces. La última vez que lo vi estaba terminado y le dije que había quedado muy lindo. Se parecía mucho a ti, estaba perfecto. Pero a él no le gustó y cuando lo volví a ver ya había borrado la cara de nuevo. Creo que la hizo y la borró unas cinco veces. Se frustraba mucho.

Permanecí en silencio, reteniendo las palabras. Cinco veces. Cinco veces pintó mi cara. Era tan perfeccionista, que seguro que, al darse cuenta de su propia mengua al pintar, no se permitió terminarla.

—Bueno, me dejó sin rostro. Soy una "des…carada" —le dije y ella sonrió.

Pasamos el resto de la tarde organizando todo lo que me iba a llevar.

Un sobre con tarjetas de los hoteles donde se había quedado en París en sus últimos dos viajes, el Hotel Puy de Dome y el Hotel Montebello; una Guía de Oro de Descubrir París, dos mapas de la ciudad, y un mapa del sistema de Metro.

—¿Para qué quieres eso? – dijo Andrea.

—No lo sé. Quizás algún día visite París y decida quedarme en uno de esos hoteles y hacer los mismos recorridos que él hizo —le contesté en voz baja.

Continuamos vaciando la caja y vimos otro sobre amarillento que tenía escrito: "El pelo de Lorna". Al abrirlo, efectivamente, contenía un gran mechón de mi cabello.

—¿Eso es pelo tuyo? —preguntó mi sobrina.

—Debe ser. Reconozco esta letra en el sobre, es de mi mamá. Se lo debe haber mandado desde Cuba cuando yo era niña.

—Tenías el cabello más dorado y menos rojizo —se fijó ella.

—Bueno, ahora me tiño, pero por lo visto siempre fue bastante claro.

Acerqué el trozo de cabello a la punta de mi cabellera y me di cuenta de que, en verdad, eran dos tonos bien diferentes. Eso me provocó gran confusión. Siempre había escuchado anécdotas de que había nacido pelirroja y con dos dientes. Las fotos de mi infancia son todas en blanco y negro, por lo que nunca pude verme de niña con ese cabello rojo que me habían descrito. Durante la adolescencia comencé a experimentar con tintes y desapareció el pigmento original.

—Siempre pensé que era más pelirroja de niña y resulta que era ricitos de oro —le dije.

—¿Te vas a llevar algunos libros? —preguntó, cambiando de tema y señalando el suelo del closet donde habían apilados más de treinta libros de arte.

—Pudiera poner algunos en esa mochila y llevármelos —dije—. Es la mochila que él siempre utilizaba para trasladar sus pinceles cuando me visitaba.

—Últimamente la utilizaba para ir al mercado a buscar un paquete de cerveza.

—¿Qué? —pregunté en alta voz.

—Sí, yo lo veía cuando salía al mercado y regresaba con su *six-pack*.

—¿Sabes si estaba bebiendo mucho?

—Al principio de la pandemia no, porque no podía salir. Pero ya después sí iba al mercado a comprar cerveza.

Cuando dijo eso sentí un repentino salto en el estómago. Durante la pandemia le llamaba y le preguntaba si tenía suficiente comida, le recalcaba que no saliera, que se pusiera la mascarilla, y que se lavara las manos con frecuencia. Pero nunca, nunca, le pregunté cómo manejaba su soledad. En ese instante se me hizo obvio que nuestro padre, al igual que muchos, había recurrido al aumento del consumo de alcohol para sobrellevar el aislamiento.

Fingí una sonrisa y le dije que entonces me la llevaría con varios libros y los DVD de sus películas favoritas: La Joven de la Perla, El Retrato de Dorian Gray, El Violín Rojo y Memorias de una Geisha.

Terminábamos de apartar lo que se iría conmigo a Maryland, cuando mi sobrina me hizo otra pregunta.

—¿Te vas a llevar la estrella de siete puntas?

—¿Qué estrella? —le pregunté.

—Esa —dijo apuntando hacia arriba.

Levanté la vista y vi una estrella plateada atada a una línea de pescar colgando del ventilador del techo. Parecía de confección casera, de cartón forrado de papel de aluminio.

—¿Qué significa? —le pregunté, buscando una revelación científica.

—No sé muy bien. Pero él siempre la tenía consigo. Decía que esa era su estrella, que, aunque por lo regular las estrellas tienen cinco puntas, la de él tenía siete y le daba buena suerte; que el siete era su número de suerte.

Recordé haber visto recientemente una estrella similar en una de las fotos de un cuadro de una mujer desnuda tirada sobre un mueble. Solo atiné a decir:

—Sí, me la llevaré y la pondré en mi árbol de navidad cuando llegue a casa.

Aún quedaba la tarea más importante, los cuadros de la Sinfonía Blanca que nos había dejado con la estremecedora dedicatoria al dorso. Mi prima Loipa había gestionado que un amigo pintor me ayudara a desmontarlos de los bastidores para facilitar el transporte. En cuestión de una hora los desmontó, enrolló y dejó listos para la mudanza a Maryland.

Llegó mi cuñado y comenzamos a acomodar todo en el auto. Como predijo mi hermana, el Chino pudo meter la butaca y la mesa que utilizaba para pintar; dos caballetes, varias cajas plásticas con fotos, cartas, postales, y dibujos, otra caja con su paleta de pintar, pinceles, el puntero que utilizaba para sostener el pulso y una lupa antigua que usaba para analizar los detalles más pequeños de los cuadros, los últimos tubos de óleo que estaba utilizando, un paquete de carboncillo para dibujar y un frasco de aceite de linaza, la mochila con las películas y libros de Leonardo Da Vinci, Rembrandt, Diego Velázquez, uno de la Galería Nacional de Arte en Washington D.C. que yo le había regalado y los de Ramón Pichot, rollos de decenas de dibujos, los bastidores y los lienzos de los tres cuadros que nos había dejado de la Sinfonía Blanca y el de mis 50 sin terminar. También me llevé su taza de beber café, su cafetera y azucarera, el violín comprado en París, el chal negro que le dejó Carina y que pintó en varios de los cuadros, y la bolsa plástica con la recolección de objetos para hacer la prueba de ADN.

Sí, nuestro padre nos dejó su Sinfonía Blanca, y también el pendiente de encontrar a la mujer eje de su creación. Entendí entonces esa nota adjunta a la pintura de la Sinfonía Blanca que me había enviado en febrero del 2015, que decía: "Quizás tengas que regalar este cuadro algún día".

Más allá de ella, nos dejó la tarea de despejar la incógnita de si tenemos una hermana, o hermano, de sangre.

La última década de su vida la pasó asentado, leyendo, tranquilo y aburrido en el apartamento que le facilitó mi hermana. La época de galán había quedado atrás. La memoria se desvanecía y el pintar le causaba desencanto, al ver como desaparecía su don. Ya no rondaban las musas. Solo quedaba una, su musa eterna, que quedó glorificada en los lienzos. Vivía rodeado de esas tres pinturas de su Sinfonía Blanca y su rutina consistía en observarlas de arriba a abajo diariamente y preguntarse "¿Cómo fue que yo pinté eso?".

—No puedo creer que cupo todo —le dije a mi cuñado, mientras observaba cómo las pertenencias de mi padre se habían reducido a lo que estaba dentro de mi automóvil.

Empecé a sollozar y le di las gracias tartamudeando.

—Gracias por mudarlo tantas veces. Ésta es, definitivamente, la última.

No dijo nada.

El silencio de mi cuñado me empujó a un momento de reflexión y reverencia. Existía un contraste entre el padre que yo conocí y el hombre de los diarios. Me dio pesar no haber conocido en vida al ser complejo que era. Sentí gratitud por haber podido pasar tantas horas conversando, aunque fuese de forma superficial, durante su última estadía en mi casa en el otoño del 2019. Acepté el mundo artístico dentro del cual había vivido bajo su propio sistema de valores, que honró. Comprendí que subsistió marcado por el sufrimiento causado por la separación familiar y que fue fiel a su compromiso de sacarnos de Cuba. Entendí que su verdadera herencia, su auténtico legado, había sido ofrecernos la oportunidad de vivir en libertad, y lograr una vida mejor para su descendencia.

La mañana de Navidad mi hermana amaneció friendo tocineta, batiendo la mezcla para panqueques, colocando *croissants* en bandejas, rompiendo huevos, y horneando panecillos. En fin, preparando su desayuno tradicional navideño, insistiendo en que reinara el espíritu de siempre. Por lo de la pandemia, seríamos pocos a sentarnos alrededor de la mesa; básicamente los mismos que estábamos presente durante esa cena en honor a nuestro padre tras su muerte, con la excepción de mi hijo Daniel, que se había quedado en Maryland.

Llegó mi prima Loipa con su hija Marian. Y mi sobrina Andrea. Mis dos sobrinos, Kristian y Julián, se despertaban y ya mi cuñado daba vueltas como trompo con los preparativos. Nos sentamos a devorar de todo un poco mientras intercalábamos conversaciones, chistes y carcajadas.

Al terminar, mi hermana se levantó y caminó hacia la oficina que tiene en su casa, donde había guardado bolsas y cajas con regalos. Salió con tres bolsitas navideñas.

—Aquí están los regalos para ustedes —dijo mirándonos a mi prima y a mí. Esto es solo parte del regalo —añadió.

Entusiasmadas, comenzamos a abrir las bolsas.

Kristian, mi sobrino mayor, le preguntó en voz baja a mi cuñado:

—¿Sabes qué es?

Y mi cuñado, sin darse cuenta de su tono de voz, respondió:

—Son unos juegos de collares, todos iguales.

Mi prima y yo nos morimos de la risa. Mi hermana lo quería matar por delatar el contenido. Al abrir la envoltura, había una cadena de plata con un corazón.

—Abran el corazón —dijo mi hermana.

Contenía una foto de las tres. Una que nos habían tomado en la isla española de Gran Canaria en el año 2010, cuando mi hermana y yo habíamos viajado a reencontrarnos con ella tras de 30 años de separación, ya que ella se había quedado en Cuba cuando nosotras pudimos salir.

—Las tres tenemos la misma cadena con el corazón y la idea es que, a partir de ahora, hagamos más viajes juntas, y que cada año reemplacemos esa foto por una nueva en otro lugar —puntualizó mi hermana.

De la emoción, no decíamos mucho.

—Entonces, ¿hay promesa de viaje? —dijo mi prima Loipa.

—Sí, la otra parte del regalo es el viaje a París. Tenemos que ir a depositar las cenizas de mi papá y de Tokky en el río Sena. Así lo quería él. Siempre me decía: "cuando yo me muera, tú y tu hermana tienen que ir a París, visitar el Museo del Louvre y pasar la tarde recorriendo las salas viendo las pinturas, tomarse un café con leche con un *croissant* en el restaurante del museo y luego tirar mis cenizas en el Sena"; y mi regalo es que vamos a ir las tres a hacerlo.

Saltamos de alegría, nos abrazamos e ignoramos a los más jóvenes sentados en la mesa, que se preguntaban si ellos irían en ese peregrinaje.

El camino de vuelta a casa ya prometía ser más placentero. No me iría sola, las 16 horas de carretera serían en compañía de mi prima Loipa, quien se sumó al viaje para confortarme.

A la mañana siguiente, al montarme en el auto para emprender rumbo norte, de Miami a Maryland, por la carretera I-95, vi los 21 dibujos de la Sinfonía Blanca enrollados encima de la carga que llevaba. Me quedé turulata: por mucho que los había estirado antes de enrollarlos, necesitaban más alisamiento, necesitaban plancharse. Esa tabla de planchar de la época de la abuela que, sin ton ni son, había comprado el día de la muerte de mi padre había venido con su propósito: "Coño, la abuela Belén sabía", pensé.

Deslicé la vista y me percaté de la mochila de mi padre con los libros que estaba justo detrás de mi asiento. La miré y le dije en voz alta:

"Te falta otro viaje. ¡Te toca llevar las cenizas a París!".

Made in the USA
Middletown, DE
20 July 2021